目次

contents

Presented by Karasuma Shimei

重くなるともすべてはともに

1

紅蓮の炎が牙を剥く。

屋敷が——安倍晴明の遺産が、この国の守護の要が、燃える。

「主さま！」

すさまじい轟音とともに、新たな火柱が上がる。中門の向こう——位置的には対面所よりさらに西に見えた。

「お下がりください！　危険です！」

「で、でも！　屋敷がっ……！」

太常が僕を背に庇う。

ほぼ同時に、太常の前に朔が、朔の前に華が立ちはだかり、臨戦態勢を取る。

直後に、再び爆発音。衝撃と爆風が僕らを襲った。

「ッ……！　ヌシさま！」

華が本体の子狐を抜き放ち、一閃。吹きつけていたすさまじい風が切り裂かれ、霧散する。

「いかん！　ヌシさま！　一旦下がるのだ！」

「っ……でも……！」

あまりのことに、もはや呆然とするしかない。

いったい何が起こっているんだ。

しかし、それを太常に問うことはできなかった。

問いかけようとしたまさにその瞬間、太常が檜扇(ひおうぎ)を取り落とし、身をくの字に折り曲げる。

そして、口もとを覆った手の——その綺麗(きれい)な指の隙間から、夥(おびただ)しい量の血が溢れた。

「ッ……⁉　太……」

「な……？　何……？　何が……」

そのまま崩れ落ちる太常を支えて、一緒にその場に膝をつく。

本当に、何が起こっているんだ。屋敷が燃えて、太常が血を吐(は)いて……なんなんだよ？

「何をしておるか！　太常！」

混乱して何もできないでいる僕を叱咤(しった)するように、聞き慣れた大声があたりをビリビリと震わせる。

僕は弾かれるように顔を上げた。

「せ、青龍(せいりゅう)……」

いつもと同じ両脇が縫い合わされていない闕腋（けってき）と呼ばれる黒い袍（ほう）を着て——だがいつもと違ってひどく乱している。緌（おいかけ）のついた巻纓冠（けんえいかん）や矢を美しく扇形に広げて盛った平胡簶（ひらやなぐい）はその身にはなく、実用的な太刀だけを腰に帯びていた。

眼光鋭い金色の目も、キリリと太い眉も、白銀に輝く髪の間から出る二本の太く立派な角も、いつもと変わらない。

だけど、青龍のこんな切羽（せっぱ）詰まった表情を見たのははじめてだった。

「何してんだよ！　この馬鹿！」

その後ろには、白虎（びゃっこ）の姿もあった。

腰まである鬣（たてがみ）のような白い髪。羊のように曲がった大きな角に、白い腰羽。虎のような白地に黒の縞模様（しまもよう）の尾——さまざまな猛獣が混ざっているという、その姿。しかし、やはり白虎もいつもとは違い、鍛え抜かれた肉体は血と泥であちこち汚れ、でたらめに引っ掛けた金色のど派手な着物はあちこち焼け焦げていた。

「なぜさっさと追い出さない⁉　大事な『主』だろうが！」

「っ……！　青龍……白虎……」

袍の袖で血を拭（ぬぐ）いながら、太常が声を絞り出す。

「屋敷の者たちは……」

「あらかたの避難は済んだ！　持ち出せなかったものがないとは言わんが！　それよりも、貴様と主だろう！　何をグズグズしておるか！　阿呆め！」

……青龍のガミガミを聞いて安心する日が来るなんて、夢にも思わなかったな。

いつものように怒鳴り散らす青龍になんだかホッとしていると、その隣に立った白虎が、僕の後ろでぼんやりしている天空をにらみつけた。

「まったく！　相変わらず、お前は道理を解さんな！　そういう神だ。仕方ないんだろうが。こんなときに主を中に入れるなんて！　太常、お前もお前だぞ！　どうして有無を言わせず追い出さなかった！　そうしたあとで、猫に説明させればよかっただろうが！」

「……わたくしは……」

「まさか、もうそんな力も残ってないのか？」

「っ……」

苦しげに唇を噛んだ太常に、青龍と白虎が苦々しげに顔を歪める。

僕は呆然としたまま、太常を見つめた。

なんのことだ――？

「まぁ、いい。議論してるヒマなんぞないしな。いいか？　太常。今から四獣で結界を張る。一日はもたせてやる。いいか？　一日だ！」

その声に応えるように、朱雀と——まだ見たことのない少年の姿をした神が現れる。

「朱雀……」

毛先が金色の豊かに波打つ緋色の髪は、焼けた風のせいか艶を失い、乱れてしまっている。

紅い翼と極彩色の美しい飾り尾羽は相変わらず見事だったけれど、紅い甲冑に美しい裳と付け袖は白虎と同じく血と泥で汚れ、あちこち焼け焦げていた。

「主、悪いが説明している暇はない。すぐに避難してくれ。太常とともに」

「しかし、わたくしがここを離れては……！」

太常が僕を押し退けるようにして、ふらふらと立ち上がる。

「そんな身体で何ができる？」

太常を冷ややかに見つめて、少年の姿をした神がぴしゃりと言う。

「はっきり言おう。今のお前は邪魔でしかない」

「っ……玄武……」

太常が呻くように呟く。僕はハッとして、玄武と呼ばれた神を見つめた。

中学生になるかならないかといった年のころの少年に見えた。神には珍しく髪が短くて、片目が隠れるアシンメトリーのショートヘア。まだ未発達の華奢な身体に黒の甲冑を纏い、両肩に白と黒の二匹の小さな蛇をのせている。

「そんな状態でうろうろされるのは逆に迷惑だ。――冷静になれ、太常」

金が混じった黒曜石の瞳が、太常を冷たく見据える。

「今、お前がすべきことは、ここにいることではないはずだろ？」

「玄武の言うとおりだ！　今のお前がなんの役に立つ！　力を取り戻してくれんことには、話にならん！　おい、猫！　いいから、太常と主を連れていけ！」

「っ……は、はい！」

白虎の叫びに弾かれたかのように、朔が太常に駆け寄る。

そしてその身体を引き寄せると、僕の手をしっかりとつかんだ。

「行きますよ！　マキちゃん！」

「っ……白虎！　青龍！　朱雀！　玄武！」

思わず叫ぶも、彼らはもう僕を見なかった。ただまっすぐ、炎に包まれた屋敷に相対する。

訊（き）きたいことは、山ほどあった。わからないことも。

だがいくらなんでも、今それをすべきでないことだけはわかる。

太常よりも僕こそが、ここにいるべきではないのだということも。

彼らの身を案じるのであればこそ、僕はここを離れなくちゃいけない。

彼らの足枷（あしかせ）にならないために。

僕は頷き、華とともに素早く身を翻した。

「……太常を頼んだ、主」

白虎の呟きに奥歯を噛み締め、走る――。

2

屋敷から離れ、川を渡って街に入る少し手前で――誰かが僕らのために用意したのだろう、待機していた朧車に乗って、揺られること三十分ほど。

辿り着いたのは、高さはゆうに百メートルを超えているだろう、幅も二十メートルほど、そんな――断崖絶壁を落下する豪快な大滝の前だった。

緑深き山の中、飛沫の白布を纏ったような神秘的な姿は譬えようもなく美しかったけれど、しかしそれ以上に不可思議で、言葉もなく見入ってしまう。

天より注ぐ圧倒的な水量を受け止める滝壺は、しかしなぜかひどく静かで、飛沫の一つも上がっていなかった。これだけの滝なら、普通ならばドドドドドッという相当大きな水音がしているはずなのに、それすらない。

滝壺の中心には、平たい巨石が。その上も、なぜかまったく濡れていない。

「…………」

太陽の光が、まるでこの地を祝福しているかのように降り注ぐ。

空は抜けるように高く、青く、山の緑は鮮やかで、深く、滝は白く煌めいて、そして水はどこまでも静かに澄んでいた。

さまざまなことが噛み合っていないのに、しかし侵しがたく清らかで、震えるほど厳かで、泣きたくなるほど優しく、途方もなく美しい――。

僕はこんな光景を、これまで見たことがなかった。

「ここは……？」

「神庭の滝です。神の庭と書いて、神庭。岡山県真庭市にある名瀑です」

呆然と呟いた俺に、朔が車から太常を下ろしながら言う。

「はっ⁉」

真庭市って、鳥取県との県境にある市のはず。たった三十分で辿り着けるわけがない。

そう言おうとして――思い出す。そうだ。僕らはここまで朧車に乗ってきたんだった。

朧車が現世の道を走るわけがない。幽世内の移動であれば、それも可能だろう。なにせ僕は、普段から、東京の自宅と岡山の阿部山を一秒で行き来しているのだから。

「ここ、現世なのか⁉　だ、だってこの滝、変じゃないか！」

「いえ、完全なる現世ではありません。現世であり、幽世であり——なんて言ったらいいんでしょうね？　現世と幽世の境？　現世と幽世が混じり合う場所？」

「混じり合う？」

「たしかに幽世ではあるんですけど、現世と同じもの——もしくはよく似たものが存在し、現世のエネルギーが流れ込んでいる場所と言いますか……」

朔が説明しながらぴょんぴょんと器用に小岩から小岩に飛び移って、中心の平たい巨石に太常を下ろす。そして同じようにして戻ってくると、今度は僕にその手を差し出した。

「抱っこしてあげましょうか？」

「……手を貸してくれるだけで充分だ」

その手につかまり、ゆっくり慎重に小岩から小岩へと移動する。

「現世のエネルギーが流れ込んでいるから、ここに来たのか？」

「ええ。旦那ぐらいの神さまになると、ものを食べないどころか眠ることもしないんですよ。なので、力を取り戻すには、こういう場所で休むのが一番手っ取り早いんです。ああ、ほら、華姐(ねえ)さんも、一番の栄養は陽光と月光でしょう？」

「ああ、そうだな。たしかに時々、本体の子狐を陽に当ててくれって言うな」

「でしょう？　パワースポットで英気を養うのは、人間だけじゃないってことですよ」

「……なるほどね」

つまり、ここは神さまのパワースポットということか。

「神の庭、か……」

なんとか巨石に飛び乗って、ホッと息をつく。

「華姐さんの本体も出してあげるといいですよ」

「ああ、そうする」

僕は所在なげにちょこんと座っている太常の前に腰を下ろすと、鞄から子狐を取り出し、風呂敷包みを開いて傍に置いた。

「――さて」

一つ、深呼吸をして、僕はあらためて太常を見つめた。

「何があったのか、訊いてもいいか？　太常」

「……ええ。主さま」

太常が観念したように肩をすくめる。

「できることなら、主さまには知られたくはありませんでしたが……。こうなった以上は、もう仕方がありません。すべてお話しましょう」

太常が袖で口もとを隠して「ただ……」と呟く。

そういえば、檜扇は血を吐いたときに取り落として、そのままだ。

「何から話せばよいのやら」

「じゃあ、僕から質問していいか？」

「ああ、そうしていただけるならありがたいですね……」

太常がホッとした様子で頷く。

――素直だな。そして、殊勝だ。

いつもの鬼畜を熱して叩いて鍛え上げたような超・鬼畜っぷりがいいとは言わないけれど、これはこれでなんだか調子が狂ってしまう。

「じゃあ、一つ目。あの火柱は、騰蛇(とうだ)の仕業であってる？」

十二天将が一人、南東を守護する凶将――騰蛇。象意はたしか、恐怖、死、火、血、刃物。

鬼火を従える、炎を身に纏う羽の生えた大蛇だったはずだ。

屋敷の西側――穢(けが)れの中に潜む者。

火柱が上がったのは、まさにその場所だった。

「――ええ」

太常が頷く。

「彼は尊大で傲慢——基本的に一匹狼で、非常に獰猛で冷酷な性格をしております。何かに興味を示すこと自体が稀なのに、それすらも長続きしません。ひどく飽き性で移り気です。ときには生きることにすら飽いてしまう。精神は不安定になりがちで、衝動的に破壊行動を起こします」

「生きることにすら……?」

聞き覚えのある言葉に、思わず眉を寄せる。

どこで聞いたのだろうと考えて——ややあって思い出す。そうだ。いつかの夢だ。

『彼は、生きることにすらも飽くのです』

太常は安倍晴明にそう言っていた。

『あなたに、彼が御せましょうか——』

今までに何回か見ている夢——。やはりあれはただの夢ではないのだろう。おそらくは、過去に実際に起こったことだ。

ドクッと心臓が嫌な音を立てる。

だとしたら、鬼ノ城で華と話して得た推測は、きっと正しい。

安倍晴明は、屋敷から出られないように封じただけじゃない。騰蛇にはその魂にまで封じの術をかけていた。

魂を封じられた螣蛇は、意識がなかったか、何かを認識できる状態じゃなかった。そして、西の正室の間（ま）で深い深い眠りについていた。——強制的な眠りに。

螣蛇が自分を取り戻せたのは、二度目の所有者喪失時だ。

そして——彼は変じた。荒魂（あらみたま）に。

激しい怒りと、深い悲しみから。

僕は顔を上げると、「じゃあ、二つ目」と言って、指を二本立てた。

「お前が、白虎が言うところの『力を取り戻してくれんことには、話にならん』状況にまでなってしまったのは、なぜ？」

太常が苦虫を噛み潰したような顔をして、下を向く。

だが、もうすべてを話すと決めているのだろうか？　一つため息をついただけで、すぐにその口を開いた。

「……本日より三日間は、日が悪いのです」

「日が？」

「衰日（すいにち）というものをご存知ですか？　あるいは天殺日（てんさつび）、天中殺（てんちゅうさつ）でもよろしい」

「あ、天中殺なら。たしか、天が味方しないとき——だよな？　運気が悪い日」

僕にはあまり関係ないけど。むしろ、運気がいい日なんてものが存在しないから。

「ええ。天中殺は、十二年の間に二年間、十二ヶ月の間に二ヶ月間、十二日の間に二日間、天が味方をしてくれない――時間と空間が不自然な時期のことを言います。それは生まれの干支より算出いたします。衰日も意味合い的には同じです。算出方法が、衰日のほうがより複雑で、六日おきに訪れ、歳によっても変わります」

「そうなんだ？」

「あとは個人には関係なく、六曜日というものも存在します。大安仏滅といったものですね。誰にも平等に訪れるものもあります。厄年といったものですね。さらにほかにも、具注暦や占星術など、さまざまにあります」

「……もしかして、神さまにも？」

太常が頷く。

「ございます。しかし神のそれは、人のものとはことの重大さがまったく違います。それは、天帝より定められしもの。逆らえば、ひどく身を蝕みます。最悪、己を滅ぼします」

「――！　自分を……？」

「ええ。万事に忌み慎むべき日とする凶日――。神はその日に、力を大きく消費して何かをなすことを許されていません。行いを慎み、気を静かに、穢れを避けて、心身ともに清浄な状態に保たなくてはなりません」

「それって……」

嫌な予感が胸をよぎる。――待て。太常は常に自身の力を使って屋敷の穢れを抑え込み、道具たちがこれ以上逃げ出さないように繋ぎ留めている状態じゃなかったか。

僕の思いを見透かしたかのように、太常が再び頷く。

「普段ならば、六合、天后、大陰の三神に屋敷内の穢れへの結界も、山全体を覆う結界も、少しずつ肩代わりしてもらい、わたくしは奥に籠り、忌に服すことができるのです。しかし、今回は、わたくしたちの凶日が重なっておりまして……。このようなことは、何百年に一度あるかないかのことなのですが……」

「……！　それじゃあ……」

「本日より三日間はわたくしの凶日です。そして、本日は六合の凶日の最終日でもあります。明日からは大陰の凶日がはじまります。明後日からは天后のそれが」

思わず、言葉を失う。

六合の分まで結界維持に力を使うこと――二日。普段よりも負担が大きいままの状態で、自身の凶日に突入したってことかよ。行いを慎み、気を静かに、穢れを避けて、心身ともに清浄な状態に保たなくてはならないその日に。

無茶をすれば、己を滅ぼすことすらあるというのに！

「…………」

僕はゴクリと息を呑んだ。

今日は、太常と六合の凶日。

明日は、太常と大陰の凶日。

そして――明後日は、太常と大陰と天后の凶日。

今日だけで、これほどまで弱ってしまったのに、あと二日も？

その上――最終日の負担は、今日明日のそれとは比べものにならないはず。

「……ッ……！」

いや、違う。その結界は、破れてしまったのだ。騰蛇に壊されてしまった。

あの火柱が、それだ。だから、四獣が一時的に別の結界を張ったんだ。

『いいか？　太常。今から四獣で結界を張る。一日はもたせてやる。いいか？　一日だ！』

白虎の言葉を思い出す。

一日――。つまり、明日まで。明後日には、太常・大陰・天后が凶日で力を発揮できない状態にもかかわらず、四獣の結界を維持する力も尽きてしまう。

あの屋敷は、完全に無防備な状態になる――。

「……そんな……」

山を覆う結界のほうはどうなっているかわからないけれど、屋敷すべてが穢れに覆われてしまえば、今は生きていたとしても、すぐにそっちも壊れてしまうだろう。

「…………」

言葉もない僕に、太常が目を伏せる。

「過去にも二度ほどございましたが、一度目は、土地がまだ所有者を失ったことがないとき。二度目は、二回目の所有者喪失の前でございました」

「……つまり……」

二度とも、螣蛇が荒ぶり、屋敷の西側が穢れに沈む前――。

「今の状態になってからは、はじめて……」

「……ええ」

「ッ……！　お前、なぁ……！」

思わず大きく嘆息し、僕はグシャグシャと前髪を掻き混ぜた。

『とにもかくにも、二度の所有者不在により、道具の一部が壊れ、一部が逃げ出し、一部が使用不能となってしまいました。つまり、この国の守護は不完全な状態なのです。残された者たちでなんとか凌いできましたが――それでも徐々にこの国は膿み、人々は病み、疲れてきている。次に何かが起こったときは、おそらく耐えることはできないでしょう』

強引に主に据えられた——あの日の太常の言葉を思い出す。

次に『何か』が。太常の頭の中には、きっとこの凶日のこともあったのだろう。

『この国は、沈みます』

あの言葉は、脅しでもなんでもなかったんだ。

「ッ……！」

僕は唇を噛み締めた。

『あまり猶予もございませんし』

その言葉どおり、だからこそ急いでいた。

ああ、そういうことかよ！　ようやく納得できた！

あからさまな脅迫をしてまで、僕を強引に『主』にしたのはなぜか。

どうして、じいちゃんたちのように『所有者』では駄目だったのか。

今までのように、土地を所有されているだけの状態では、もう凶日を乗り越えられないと太常はわかっていたんだ。

だから、道具たちと直接絆を深められる『主』こそが必要だったんだ。自分が、神たちが、道具たちが、存分に力を発揮できるように。

「っ……太常っ……！」

僕は盛大に舌打ちして、傍らの子狐を手に取り、勢いよく立ち上がった。

「華！」

小さく呼ぶと、近くの小岩に座っていた華が、すぐさま僕の気持ちを察して答えてくれる。

「ああ、よいぞ。ヌシさま。我は頑丈だからな。構わん！　思いっきりゆけ！」

「——そうする」

「はい……？　あの、主さま？」

僕は頷き、訝しげに眉を寄せた太常の垂纓冠を、有無を言わさず引っぺがした。

そして、そのままの勢いで子狐を振り上げる。

「っ⁉　あ、主さま⁉」

あたりに、ゴツンという——耳に痛い音が響いた。

「ひ、ひぇぇ……」

朔の情けない声が聞こえたけれど、それは黙殺する。

頭を抱えて倒れ込むように上体を伏せた太常を見下ろして、僕は大きく息を吸った。

もちろん、怒鳴りつけてやるためだ。

「そういうことは、ちゃんと言えってんだよっ！　馬鹿野郎っ！」

「っ……⁉　え……⁉　あ、主……さま……⁉」

「ふざけんなよ！　クソ太常！　そのまま平身低頭！　地べたに額を打ちつけて謝れっ！　この大馬鹿野郎がっ！」

「…………」

殴られたことが――そして今、怒鳴り散らされていることがよっぽど信じられないのか、太常がこれでもかというほど呆然として僕を見上げる。

「おい、馬鹿。なんで顔上げてんだ。馬鹿。言葉が理解できないのかよ？　僕は、地べたに額を打ちつけて謝れって言ったんだ！」

「い、いえ、あ……あの……？　理解はできておりますが……」

あぁ？　理解ができてるならやれよ！　本当の馬鹿か！　お前は！

僕は再度すさまじい舌打ちをして、腕を組んで冷ややかに太常を見下ろした。

「主さま、ね……。そう呼ばれていても、僕には何もできない。なんの力もないから」

いや、ないのは力だけじゃない。知識もだ。

少しずつ勉強してはいるけれど、まったく追いついていない。

当然――主といったところで、ほとんどお飾りみたいなもんだ。

「お前はすごい神さまなんだろ？　最強の式神と謳われた、十二天将の一人だ。そうだな？　そんなお前からしたら、僕はほとんどゴミみたいなもんなんだと思うよ。わかるわかる」

「そ、そんなことは……」

「ないって？　まさか。お前だって言ってたじゃないか。僕の霊力は滓みたいなものだって。おまけに知識も何もない。霊能者としてはゴミクズ以下だってな」

そのとおり。僕は、ただのちっぽけな人間でしかない。その人間の中でも、わりと底辺のほうだろう。

「それでも、そのゴミにしかできないことがある……！　だからこそお前は脅しまでして、僕を主に据えたんじゃないか！　太常！」

あの屋敷が、これ以上壊れないように。

道具たちが、これ以上逃げ出さないように。

この日本を、これからも変わらず守ってゆくために。

安倍晴明を継ぐ『主』が、絶対に必要だった。

だけど、太常では――神さまでは、『所有者』にも『主』にもなれない。

僕のようなちっぽけな人間でなくては。

『太常の旦那にだって不得手なものがあるんです。あの完璧に見える唯一無二の神さまでも。だから、この日の本の国を守るには、太常の旦那だけでは足りないんスよ』

朔だって、以前そう言っていた。

どれだけ無力でも、人間である以上、僕にしかできないことは必ずある。

あの『一坪』に関わる人間は、僕だけなんだから。

「太常……。僕に何ができるというわけではないけれど、それでも蚊帳の外はあんまりだ。もちろん、主として言ってるんじゃない」

僕は垂纓冠を風呂敷の上にポイッと放ると、太常の前に膝をついた。

一人の人間として。

ただの、吉祥真備（きちじょうまきび）として。

「気持ちだけでもお前に寄り添いたいと思うのは、分相応な願いなのか？」

「っ……それは……」

太常が苦しげに顔を歪めて、俯（うつむ）いた。

はじめて見る、弱々しい太常だった。

「今が危機的状況であることを知れば、僕が逃げ出すとでも思ったのかよ？　ふざけんなよ。お前、逃がしてくれるような人間味のある優しさなんて持ち合わせてないだろうが！」

「……それは……」

「いくら無力な僕にだって、黙って話を聞くことぐらいはできる。お前も、そうしてくれたじゃないか！」

牛鬼を斃した日――。ひどくショックを受けた僕の傍に、お前はずっと控えていてくれたじゃないか。

「どうして、逆はさせてくれない？」

「……そ、れは……」

太常が唇を噛む。

「何も話さないまま、僕を現世に放り出すことすらできないほど弱ってしまうなんて……。何かあったらどうするつもりだったんだよ」

その額を子狐でコツンと叩く。今度は、軽く。

「国より先にお前が斃れてどうする。お前は、この国を守りたいんだろう？　お前自身が、そう思っているんだろう？　安倍晴明の命令だからではなくて」

「……ええ」

太常が今にも泣き出しそうな苦笑をもらす。

そして――一つ大きく息をつくと、抜けるように高い青空を見上げた。

「自分でも、愚かだとは思うのです。間違っているとも。あの方以外の者に使われることを良しとしない神たちや道具たちの思いのほうが、きっと正しく、自然なのでございましょう。けれど、わたくしは……人が好きなのです」

愛しげに、切なげに、そして眩(まぶ)しげに、光と闇のオッドアイを細める。

やっぱり、はじめて見る表情だった。穏やかで、柔らかくて、とても自然な笑顔。

「神は生まれながらにして己の役目を、宿命(さだめ)を理解しております。神のすべては、天帝より与えられしもの。この姿形も、性質も、性格も、何もかも。そして、宿命に逆らうことなく、役目を粛々と果たしながら、定められたときまで在るのです。ですが、人は違います」

　太常が僕へと視線を戻す。

「人はまったくの無知で生まれます。獣には強く備わっているはずの本能ですら、希薄です。そしてすべてを生まれてから身につけるのです。もがきながら、足掻(あが)きながら、毎日を生き抜きながら。そう――。人は、己の道を己で選び、己に成るために生きるのです」

「……運命は自ら切り開くもの。その強さ、自由さは、神にはないものだと？」

　僕の言葉に、太常が「ええ、そのとおりですとも」と頷く。

「しかし、人の生は短い。できることに限りがあります。だからこそ、積み重ねる。後世を生きる者たちのために、知識を、技術を、人が歩んできた道程を、記して残す。そうして、先人が遺したものから人は学び、さらにその先へ歩を進めてゆくのです。少しずつ、しかし確実に。何十年も何百年もかけ、自分たちの力で進化してゆく」

　そして、僕を見つめたまま、さらにうっとりと笑みを深めた。

「なんと素晴らしいことでしょうか」

そういえば、太常はかつて天帝に仕えていた文官だったと言っていた。人間がしたためた書物を読み漁り、人の、世の歴を記憶していたのだと。なぜ人がしたためた書物かというと、神は何かを記録するということをしないからだそうだ。

ああ、そうか。太常は、その人の積み重ねを——進化を、ずっと見てきたんだ。

そして、いつしか強く魅せられた。

「弱く儚い、人……。しかし、その生き様はなんと力強く、雄々しいのでございましょうか。それは、神にはないもの。その命の瞬き、輝きに、わたくしは憧れるのです」

「……太常……」

「生きてみたかったのです。わたくしも、人のように。定められた生をなぞるのではなく。なりふり構わず、ただ己の望みのためだけに、駆けてみたかったのです」

「お前の望み？」

「ええ、そのとおり。ほかの誰でもない、わたくしの望み」

太常が僕から一瞬たりとも視線を逸らすことなく、トンと胸を叩く。

その手は血に濡れていたけれど、その姿はさっきまでとは違い、とても力強かった。

「この国を——人を護ることです！」

「っ……」

ああ、これこそだ。これこそ、太常が笑顔の仮面で隠していた本心——本音だ。

胸が熱くなる。

僕は今まで、彼の手の平の上で転がされるばかりだった。都合のいいように使われているだけだった。

だけど今、ようやく同じ位置に立てた。そんな気がした。

『なんとでも。それでこの国の未来が得られるのであれば——わたくしは鬼畜にも外道にも喜んで堕ちましょう』

あの日——。太常は、金と黒のオッドアイを強い決意に煌めかせて言った。

式神・十二天将が一人、南西を守護する吉将——太常。象意は、五穀・衣食住など、生活の幸を象徴するもの。

天帝にそう定められたからではない。先の主である安倍晴明に命じられたからでもない。己の意思で、この国を——人を護ると決めていたからこそ、あれほどまで誇り高くあったのだろうと思う。

自ら望んで、人に寄り添う神さま。

人の世を、そして人の幸せを守るのに、これ以上の存在があるだろうか。

「……わたくしは、神であって神ではないのかもしれません」

太常が自嘲気味に笑う。

――そうだ。それでも、太常はそう言うのだ。

神としては、あまりに異質だから。

太常以外にはいないから。

人に憧れ続けた、神さまなんて。

「馬鹿げていようが、間違っていようが、どれだけ無様であろうが構いません。それでも、わたくしは力の限り足掻きます。たとえ天帝に歯向かうことになろうとも。そして、必ずや成し遂げてみせます」

太常が僕を見つめたまま、にっこりと笑う。

「そのためならなんだっていたしましょう。喜んで鬼畜外道にも堕ちましょう。そんなわたくしを」

その笑顔はひどく穏やかで、晴れやかで――それでいて力強く、どこか挑発的で挑戦的。

だけど、今まで見た中で一番鮮やかで、はっきりと美しかった。

「あなたに、御せましょうか――」

「っ……！」

その言葉に、胸が苦しいほどに熱くなる。

気遣うような、それでいて少し挑発するかのような——ひどく気安い言い回し。そして、愛しさがあふれているような、柔らかな声音。

夢で聞いた、安倍晴明に向けたそれと寸分違わず同じだった。

「……っ……」

ああ、もう。こういうところ、本当に——ズルい。

まだ、手の平の上で転がされている気分だ。

でも、ようやく、ようやく、ようやくだ！

僕は大きく息をついて、抜けるように青い空を見上げた。

「やっとかよ……！　心開くの、遅いんだよっ……！」

神やあやかし、道具たちと縁を結ぶように言っておいて、お前自身が誰よりも頑なとか、本当に厄介なヤツだよ。

それだけじゃない。僕を主にしておきながら、お前自身が誰より先の主を——安倍晴明を忘れていなかった。

主としてみなに認められろと言っておきながら、お前自身が誰より僕を認めていなかった。

主が必要だと言いながら、お前自身が誰より独りで頑張ろうとしていた。

やっとだ！　やっと――その胸の内を見せやがった！

その本音を、捕まえることができた！

僕はもう一つ大きく息をつくと、太常に視線を戻した。

「御せるか？　どうだかな。そもそも、僕がお前を使う必要なんてないだろ？」

お前が神であって神ではないのかもしれないと言うなら、僕だってそうだ。

主とは名ばかりで、主として相応しいものなど、何一つ持っていない。

だけど、それでいいじゃないか。

「ともに足掻けばいいさ」

神さまらしくなくても、主らしくなくてもなりふり構わず、ただ僕らの望みのためだけにともに駆けてゆけば、それだけでいいじゃないか。

「そうだろ？」

「っ……ええ、ええ、本当に……」

僕の言葉に、太常がくしゃりと顔を歪め、ようやく深々と頭を下げる。

「申し訳ございませんでした。わたくしはあまりにもあなたを軽んじていたようです……。もちろん、意識的にそうしていたわけではないのですが……」

「……そうだな」

意識して頑なだったわけではないことぐらい、わかってる。

そして、仕方ない部分もあったと思う。だって僕は、本当に何もできないから。

矜持(きょうじ)みたいなものもきっとあったと思うしな。脅迫までして思いどおりに動かした相手に弱音を吐くだなんて、太常じゃなくてもあまりしたくないものだと思う。

だけど、自身が背負うものの大きさを考えたなら、今回の行動はやっぱり最悪だと言わざるを得ない。

何も話さず、締め出す。

嘘をついて、追い出す。

それでは、なんのための主かわからない。

僕を危険に晒(さら)したくなかったのだとしても、だ。たしかに、屋敷から締め出しておけば、僕自身が直接騰蛇に傷つけられることはないかもしれない。でも太常が斃れてしまったら、つまりこの国自体が危うくなってしまったら——そんな安全に意味などありはしないんだ。

だったら僕は、みんなとともに在りたい。

どんな困難も、みんなとともに乗り越えてゆきたい。

名ばかりでも、形ばかりでも、僕はみんなの主なのだから。

「お前が引きずり込んだんだ。だったら、最後までつきあわせろよ」

もちろん何もできないけれど、あの屋敷と——そこに住まう神さま・道具たちと、運命をともにする覚悟はある。

そのぐらい、お前たちを大切だと思えるようになったんだ。

今さら、その手を離してくれるなよ。

「っ……本当に……」

その言葉に、太常が再び平伏する。

「申し訳ございませんでした……」

「ん、思いっきり反省しろ。二度と繰り返すなよ。次は殴るだけじゃ済まないからな」

僕はそう言うと、再び空を仰いだ。

さて、説教が済んだら、これからのことを考えなくちゃ。

四獣が一日の猶予を作ってくれた。その間に、なんとか螣蛇を鎮めなきゃいけない。

あの屋敷は、もともとは『迷い家』だ。つまり、あやかし。命さえ無事なら、屋敷自体の修復はさほど難しいことじゃない。

そして、持ち出せなかったものがないとは言わないけれど、神さまや道具たちの避難は、あらかた完了しているって話だった。

それならば——。

「じゃあ、太常。今回のペナルティとして、一つ」

僕はニィッと口角を上げると、顔を上げた太常の目の前に人差し指を突きつけた。

「僕の望みを叶えてもらおうか」

3

「な、なんという阿呆なのかっ！」

「えっ⁉ 馬鹿なの⁉ お前っ！」

思わずといった様子で、青龍と白虎が叫ぶ。

そしてその後ろで、玄武も呆然として「ボクの主はこんな阿呆だったのか……」と呟く。

予想どおりすぎる反応に、僕は思わず小さく肩をすくめた。

そう言うと思ってたけどさ。お前ら、主をつかまえて馬鹿とか阿呆とか言いすぎだろ。

「先日も申し上げたが、主よ！ たまには阿呆を休むがよろしかろう！ そうも毎日阿呆をやっていては疲れますでしょうに！」

「いや、本当に。青龍じゃないけど、馬鹿も休み休み言えよ。そんな突拍子(とっぴょうし)もない……」

白虎が呆れ返った様子で「仮にも、お前は『主』なんだからさ……」と言う。なんだよ？　仮にもって。勝手に（仮）にすんなよ。

「悪いな、白虎。そのあたりの問答は、さっき太常とやり尽くしたからパスだ」

「パスって……。いやいや、太常からも言われたんだろ？　駄目だって。だったら……」

「いや？　アイツから許可をもぎ取ったから、僕はここにいるんだけど？」

僕の言葉に、四獣全員が目を剥き、息を呑む。

「嘘だろ⁉　そんなわけあるか！」

「もうちょっと頭を使って嘘をつきなよ！　そんなこと……」

「嘘なんかつかないよ。太常が折れたんだって。なぁ？　華」

白虎と玄武の言を遮って同意を求めると、華はなんだか得意げに口角を上げた。

「猫が度肝を抜かれておったわ。言い負かされる太常など、はじめて見たのだろうよ」

「そんなの、俺たちだって見たことねぇよ……」

へぇ？　そうなのか。

「安倍晴明は、太常と意見を対立させたことはなかったのか？」

「……先の主は馬鹿じゃなかったからな。基本的に、俺たち全員が泡を食って止めるような突拍子もないことを口にしたりはしなかったんだよ」

「一見無茶に思えても、それを実現するだけの実力もありましたしな！」

「なんの力もないくせに無茶を言い出す僕とは違うって？　そうかもしれないな、青龍」

幽世の屋敷――四脚門前。まるでとおせんぼするかのように目の前に立ちはだかる四獣に、僕は太常ばりの『にっこり』をお見舞いしてやった。

「でも、あえて繰り返すけれど、あの太常が折れたんだ。千年以上のつきあいなんだから、それがどういうことかぐらい、お前たちならわかるだろ？」

四獣たちが顔を見合わせる。

「信じられない……。太常まで、いったい何を考えているんだ……」

「まぁ、もともと変わったヤツだったけどね。ずっと人のために動くような」

「そうとも！　アレはもともと阿呆だった！　ここまでとは思わなかったがな！」

朱雀、玄武、青龍が口々に言う隣で白虎が苦虫を噛み潰したような顔をして、僕の足もとにあるスポーツバッグを指差す。

「その荷物は？」

「ああ、これはさっき揃えたんだ。これから必要なものだよ」

「必要なもの……」

「まぁ、気休めみたいなもんだって太常は言ってたけどね？　でも、なかったらなかったでちょっと問題なもの、かな？」

「……供物か」

白虎が苦々しい顔をしたまま、小さく肩をすくめる。

「だとしたら、主の身を守るものは華だけだ。だが、華を持って黒靄に入るわけじゃない。さっきそう言ったよな？」

「うん、そうだよ」

僕は頷いて、屋敷を見つめた。奥のほうがどうなっているかはわからないが、少なくともここからはもう炎は見えない。いくつも煙が上がっているだけだ。

そして西の棟は、以前よりも粘度を増した漆黒に包まれている。

「僕が、黒靄の前で『子狐』を地面に突き刺したら、華があの西の棟に結界を張ってくれる。一時的ではあっても四獣のそれと同等のものは作れるらしいから、そうしたら四獣は結界を一旦解いて、さっき回収できなかった道具たちを集めてくれ。できる限りで構わないから。ただ、逃がさないでくれよ？　そうしたら中門廊より東側で待機。広場だけで足りなければ、公卿の間、殿上の間、家臣控えの間、使者の間は使ってもいい。ただ、中門は閉ざしておくこと。これが僕の要求だ」

「たしかに、華ならできるだろうな。それだけの神刀だ」

白虎が華を見――さらに渋面(じゅうめん)を作る。

「いや、だが……しかし……」

「どうしても、騰蛇と話をさせてほしいんだ」

二度目の要求。しかし、白虎は頑なに首を横に振る。

「話など通じるものか。騰蛇がどんなモノかわかってないから、そんなことが言えるんだ」

「そうかもしれない。でも、やってみなきゃわからないじゃないか」

「わかるさ。どれだけのつきあいだと思ってるんだ。アイツは話が通じるヤツじゃない！　そんな生易しいモノじゃないんだ！」

「それはお前たちの経験則だ。僕のじゃない。僕は、それを鵜呑(うの)みにしてやってみもせずに諦(あきら)めるなんてことはしたくない」

「俺たちの経験則で充分だろうが！」

「まさか、何を言ってるんだ！　僕とお前たちが同じだとでも？　違うぞ。僕は、偉大なるお前たち神とは違う！　同列に並べるのが罪なほど、ちっぽけなゴミカスだ！」

おまけに、馬鹿だ。神が――四獣が呆れるほど。

「お前たちの経験則は役に立たない。だってそうだろう？　騰蛇と話がしたいなんて言った人間が、僕のほかにいるっていうのか？」

「っ……」

白虎がグッと言葉を詰まらせる。

そんな彼を見上げて、僕は再びにっこりと微笑んだ。

「そんな経験はないはずだ。間違いなくな」

「主……」

「そうだ。主だ。ちゃんと、『主』になりたいって思ったんだ。形ばかりのそれではなく」

押しつけられてしまったから、いやいや請け負うのでもなく。

自分の意思で、ちゃんと――。

「だから、僕にやれることをやりたいんだ」

「っ……！　だったらなおさらだ！　主としてやるべきことなんか、ほかに腐るほどある！　無謀な博打に出て、何かあったらどうするんだ！　こんなときに戯言はやめてくれ！」

その言葉に僕は思わず笑って、首を横に振った。

「僕の言うことは、戯言でいいんだよ、白虎」

見るのは、夢でいい。

目指すのは、理想でいい。

「僕は、何もできないから」

だからこそ——祈る。頼る。縋（すが）る。神さまに。そして、僕とともにいてくれる者たちに。

それが、誰かの目に無様（ぶざま）に映ろうとも構うものか。

独りで悩むことだってしない。どれだけうだうだ考えようと、なんの力も知識も持たない僕には、答えなんて出せないのだから。

ただ向き合う。

そして寄り添う。

ともに在り続ける——。

僕がすべきことは、それだけ。

誠心誠意、つき合ってゆくだけだ。

相手が神さまであっても、あやかしであっても、区別することなく。変わることなく。

「僕まで、神さまやあやかしと同じ視点からものを判断する必要はない。わかるか？」

違うからこそ、気づけることがある。

神さまが人間というちっぽけな存在を『主』と呼ぶ理由は、そこにこそあるのではないか。

僕はそう思うし、信じている。

違うものを見、違うものを聞き、違うものに触れ、違う思考を持ち——そして同じ未来を目指すからこそ、未来は——その可能性は無限なのだと。

「だから僕の言うことは、神さまにとっては戯言でいいんだよ」

「………」

白虎が言葉を呑みこみ、眉間のしわを深くする。

言葉には納得したけれど、それでも要求を呑むには抵抗がある——そんな表情だった。

「お願いだ。白虎。危険だってことはわかってる。でも、やらせてほしい。僕はお前たちの主であると同時に——」

白虎の傷ついた腕にそっと触れる。

「騰蛇の主でも、あるんだから」

「っ……！」

白虎が舌打ちして、はぁーっと大仰なため息をつく。

「ああ、もうっ！　わかったよ！」

そして、半ばやけくそといった様子で、ドンと四脚門を叩いた。

「おい、白虎！　いいのかよ？」

「いいわけあるか！　だが、太常が口で勝てなかった相手に、俺が——俺らが敵うものか！　ったく！　ふざけんなよ！　どいつもこいつも！」

重たい扉が、ギシギシと軋みながら開く。

「傷ついてくれるなよ、主。――頼む」

心配そうに顔を歪めた白虎を見上げて、僕は大きく頷いた。

「うん。僕だって命は惜しい。無茶をする気はないよ」

白虎だけじゃない。青龍を、朱雀を、玄武を見つめて、その腕をポンポンポンと叩く。

「でも、わかってくれ。もう限界なんだよ。もう騰蛇を穢れごと封じるなんて手段で問題を先送りにはできないんだ。だから僕は、僕にできることをする。……大事だから」

そして彼らの脇を通り過ぎると、門の前で振り返ってにっこりと笑った。

「主として、お前たちが大事だからだ」

「っ……」

四獣が苦しげに顔を歪める。

青龍は舌打ちすると、その場に素早く膝をついた。

「我らが主よ！　主の求めは我が名にかけて叶えることを約束いたそう！　だから主よ！　我らの思いをお聞き届けいただきたい！」

そして、金色の獣の双眸（そうぼう）でまっすぐに僕を見つめた。

「どうか、ご無事で！」

「うん」

約束するよ。

「無事に戻るから、お小言は勘弁(かんべん)してくれよな！」

「傷一つなくお戻りいただけたなら、考慮いたしましょう！　代わりに、傷ついたときには半日はお覚悟いただく！」

――嘘だろ？　青龍のガミガミを半日も聞くとか、拷問(ごうもん)どころの話じゃないんだけど。

僕は苦笑して手を振ると、まっすぐに目的地へと向かった。

中門を通り抜けて、一部焼け焦げた寝殿を横目に庭を突っ切って、ほぼ全焼してしまった二階文庫らしき焼け跡を回り込んで、屋敷の西側――漆黒に沈む正室の間の前。

「――じゃあ、華」

スポーツバッグを脇に置き、華の本体である子狐を手に、数歩下がる。

「……炎は一旦治まっているようじゃな」

「まぁ、出られない以上は、自分のいる場所を焼くだけだろうからね」

あるいは、四獣の力によって抑え込まれたのか。

どちらにしろ、二階文庫あたりは見るも無残だ。書物の中身や神さまたちと酒盛りをした庭は完全に焦土と化してしまっている。美しい庭だったのに。

「螣蛇はすさまじい飽き性だって話だし、暴れ飽きてくれていると嬉しいな」

「そうじゃな。あれから何時間も経っておることだしな」

華はそう言って小さく笑うと、つんつんと袖を引っ張って僕を見上げた。

「滝の水で身を清めてはおるが、騰蛇の炎の前にどれほど効力があるかはわからんと太常は言っておったな。ヌシさまよ、覚えておるか？」

「もちろん、覚えてるよ」

あれだけしつこく言われたら、忘れたくても無理だ。

「少しでも炎の気配を感じたら、我のもとに戻ってこい。いいな、約束じゃぞ？　頼むから、無理だけはしてくれるな、ヌシさま」

「大丈夫。無理はしない。四獣にも言ったけど、僕だって命は惜しい」

「その言葉、信じておるからな」

華が念を押すように言う。僕は頷き、華の金色の髪を撫でた。

「絶対に、華を悲しませるようなことはしない」

「では我は、ヌシさまの願いを叶えてみせよう。我は、ヌシさまの守り刀だからな」

華がにっこり笑って、空気に身を溶かす。

僕は一つ息をついて、子狐を抜き放った。

「いくぞ！」

そのまま大きく振りかぶり、勢いよく地に突き刺す。

ドンという衝撃とともに金色の光が地から溢れ出る。眩いばかりに輝くそれは、瞬く間に光の柱となって、西の棟を包み込んだ。

光が建物を囲い尽くしたのを確認して、子狐から手を離す。

僕はお腹に力を込めると、その光の中へと足を踏み入れた。と同時に、光の柱が色を失い、目に見える景色が戻る。

「………」

さて、ここからだ。

僕は俯き、目を閉じて――待った。

しばらくのち、何かが割れる大きな音がする。四獣の結界が解かれたのだろう。

僕は胸の前でしっかりと手を合わせたあと、それを打ち鳴らした。

願いを込めて、柏手を打つ。その反響が消えるのを待って、もう一度。さらにもう一度。

全部で八回。

「元柱固具、八隅八気、五陽五神、陽動二衝厳神、害気を攘払し、四柱神を鎮護し、五神開衢、悪鬼を逐い、奇動霊光四隅に衝徹し、元柱固具、安鎮を得んことを、慎みて五陽霊神に願い奉る」

そして、覚えたてのそれを、ゆっくりと、はっきりと、唱える。全部で三度。

太常が教えてくれたものだ。

おおまかな意味は『自分の生活を律して四柱神の加護のもと心身を神に捧げ、五陽霊神に願い奉ります』というもの。自身の身を守るためのお守りみたいなものだそうだ。

唱え終えると、僕はゆっくりと黒靄の中に入った。

穢れに弱い神さまやあやかしは近づくこともできないが、霊的な力に鈍（にぶ）い人間であれば、実は結界さえなければ中に入ることができるのではないか。

僕のその問いに、太常は言葉を詰まらせた。

龍神の一件でも、穢された竜玉（りゅうぎょく）に僕だけが近づくことができたから、もしかしてと思っての言葉だったのだけれど、どうやら推測は当たっていたらしい。

騰蛇のもとに行けるなら、声を届けることができるなら。どれだけ危険だろうと、僕に迷いはなかった。

僕は身に纏わりつくような重たい漆黒の空気の中で、素早く膝をついた。

目は薄く開けているものの、しっかり伏せたまま。視線は決して上げない。そして地面に額を擦（こす）りつけて、平身低頭する。――伏礼（ふくれい）だ。

そして三度、ゆっくりと深呼吸をする。

「どうか、私の声をお聞きください」

誠心誠意――潔白な心で、正しく願いを差し出す。

「どうか、私の言葉をお聞きください」

祈る。祷（いの）る。禱（いの）る。

「どうか、私にしばしのときをお与えください」

請い、願い、奉る。

「どうか――」

　一応、僕は騰蛇の主だけれど、でも彼はそれを知らない。

　白虎と同じく現世に出ることができ、阿部山の中でなら自由にしていられる玄武ですら、僕の顔をちゃんと見たのは今日がはじめてだと言っていた。まぁ、彼は安倍晴明以外の主を認める気がなかったからあえて避けていたそうなんだけど。

　つまり、屋敷の主となったところで神さまや道具たちが自動的に僕の姿形を認識するわけじゃない。どちらかが能動的に行動してはじめて、知ることができるんだ。

　だったら、封じられている騰蛇が僕の顔を知っているわけがない。そもそも、この屋敷が新しい主を迎えたことすら、知っているかどうか危うい。

　つまり、今のところ僕は、彼にとってはただの人間でしかないということ。

それなら、願いは正しく差し出さなくてはならない。相手は、神さまなのだから。

「…………」

何も物音がしない。

冷や汗がこめかみから顎へとすべり落ちてゆく。

太常は言った。四獣が結界を解けば、僕の声は必ず螣蛇に届くと。

彼がまったく聞く耳を持っていなかったら――持とうとしなかったら、すぐに僕を襲うか、さもなくば華の結界を壊すべく行動を起こすはずだと。

つまり、静かなのは、彼が様子を窺っている証拠だ。

僕は小さく息をつき、さらに地面に額を擦りつけた。

「わずかながら、神饌を用意させていただきました。頭を上げる無礼をお許しください」

そう言って――ゆっくりと身を起こす。ただ、視線は伏せたまま。

まずは、心を通わせることよりも、相手を不快にさせないことが大切だ。

攻撃に転じさせたら、その時点で僕の負け。

それは同時に、太常の負けを――日本の守護の崩壊を意味する。

なぜなら、華はこれほどの結界を長時間維持できないからだ。華が力尽きるのと同時に、四獣がもう一度張り直したところで――それもやっぱり一日しかもたない。

十二天将のうち、一神が囚われていて、二神が行方不明。残るは九神。

つまり明後日には、その九神のうち三神が凶日で力を使えず、四獣は慣れない結界維持で力尽きた——そんな最悪の状況で騰蛇が解放されてしまうことになるから。

それだけは、絶対に避けなくてはならない。

僕はスポーツバッグを引き寄せ、中から純白の風呂敷に包んだ二本の酒瓶、三つの三方、大小の新聞紙の包みを取り出した。

三方を三つ綺麗に並べ、中央のそれに大きい新聞紙から取り出した稲の束を置く。

そして両側には、小さな新聞紙から取り出した漆（うるし）塗りの弁当箱と酒瓶をそれぞれ載せた。

「どうか、お納めください」

稲は、岡山県の総社（そうじゃ）市にある、とある神社の赤米（あかごめ）だ。

神社の氏子が神田や宮当番の水田にて栽培した赤米の荒米（あらよね）やご飯を、毎年旧暦一月六日の正月祭りと旧暦十一月十五日の霜月（しもつき）祭りにて奉納しており、それは県の無形民俗文化財にも指定されている。

これは、去年の霜月祭りで神に捧げられた赤米だ。祀（まつ）られている神に太常が掛け合って、わけてもらった。

神饌の中でも、これは自然そのままのもの——生饌（せいせん）にあたる。

そして、漆塗りの弁当箱の中身は、その赤米を炊いたもの。こちらは熟饌――人の手で加工されたもの。

そして、もう一つ熟饌を。それは酒を選択した。

お神酒あがらぬ神はなし。古より、酒は神への供物として欠かせないものだ。

この酒が美味い岡山で、それを捧げない手はない。

いろいろあるから迷ったけれど、阿部山の足もと浅口市で作られている神酒にした。

割り水に神社の井戸の水を使い、祭りとともに神に奉納されている神酒――天乃神露。

神のために作られ、神へと捧げられ――そして神が神のためならばとくださったものだ。

神饌として、これ以上のものはないだろう。

「…………」

暗闇には何も変化がなかった。手もとが見えるだけ、その先は黒く塗り潰されたままで、物音もしなければ、生きものの気配もしない。

――よし、ここまではクリア。

僕は激しく脈打つ胸を押さえて、そっと息を吐いた。

『彼が荒魂に変じぬよう、先の主はさまざまな道具を用いて、彼の魂の一部を封じておりました。その封じの術が、土地の所有者を失った際に壊れてしまったのです』

僕がはじめてここに来たとき、太常はそう言った。

『最初は術が壊れ、同時にさまざまな道具が破壊され、または行方(ゆくえ)がわからなくなりました。二度目には彼の魂が変じ、屋敷の一部が穢れてしまいました。今は——わたくしと六合、天后、大陰の四神で、あれ以上穢れが広がらないように結界で封じております』

ここに来る前にたしかめてみたけれど、その言葉に一つも嘘はないそうだ。

太常は平伏して、『脅すなどという非道な真似はいたしましたが、それでも嘘はいっさいございません。あなたを謀(たばか)るような真似(まね)はしておりません』と言った。

太常はただ、言わなかっただけだ。あのときの僕では、理解できなかったであろうことを。

『神を縛るか！　人如きが！』

夢の中で聞いた、彼の叫びを思い出す。

『驕(おご)りし人よ！　必ず報いを受けさせてやるぞ！』

僕は唇を噛み締めた。

つまり、すべては僕が推測したとおりだったのだ。

どうして、騰蛇の魂が変じたのが、二度目に『一坪』が所有者を喪失したときだったのか。

封じの術が壊れた一度目ではなく。

どうして、騰蛇の魂を清め、鎮めることをせず、穢れごと封じるという手段に出たのか。

騰蛇を縛れる人など、一人しかいない。

かの人は、人を——国を愛するがあまり、その行く末を案じるがあまり、死してなお神を縛りつけるなどという真似をしてしまった。

騰蛇は、ちゃんと言っていたのに。

『晴明よ。貴様のためならば』と——あんなに柔らかい声で。

人でもなく、国でもなく、ただ安倍晴明という人のためにと。

あれは、間違いなく慟哭だった。

「……私は……僕は……！」

安倍晴明を責めることはできない。彼はただ、自分にできる最大限のことをしただけだ。

わかっている。

それでも、僕は——！

「っ……！　僕が……僕なんかが……」

地面に爪を立て、土を掻き毟り——それでも我慢できず、僕は叫んだ。

「僕ごときが言って、どうにかなることではないとわかっています！」

思いのたけを、そのまま。

「それでも僕は、あなたに許しを請いたい！」

震える声で、切に。

「申し訳ありませんでした！」

千年以上もの間、人のために縛りつけてしまった。意識まで奪って魂を封じてしまった。

封印の一部が壊れてからも、この穢れの中に閉じ込めてしまった。

騰蛇だけじゃない。白虎や青龍や朱雀や玄武もそうだ。ほかの神さまたちも、道具たちも、主がいなくては青空すら見られない屋敷の中に押し込めてしまった。

太常を――孤独にしてしまった。たった独りで頑張らせてしまった。

千年以上だぞ？　いくら神さまに寿命がないとはいえ。

それでも、彼らにも心はあるのに！

「……ッ……」

涙が溢れた。

溢れて――しまった。

泣いている場合ではないのに。

だけど、悲しい。切ない。苦しい。

つらくて、痛くて、どうしたってやるせない。

そして、ただただ申し訳なくて、申し訳なくて。

「……ふ……」

安倍晴明も、神さまたちも、道具たちも、もちろん騰蛇も――誰も悪くない。

ただ、それぞれ愛したものが、大切なものが、優先すべきものが、違っただけだ。

だからこそ――ひどく申し訳なく思うのと同時に、震えるほど悔しくて、腹立たしい。

ああ、どうして僕はこんなにも無力なんだろう！

「……も、申し……わ……」

言葉にならない。

僕は奥歯を噛み締めた。

くっそ！　太常にも四獣にも大見得切ったくせに、話をするところまで辿りつけないとか、無様とか情けないとかを通り越して、この世に人として生まれてしまったことを全身全霊で全方向に謝罪しつつ、土下座で額をぶち割って自害したくなる。

でも、心から思う。

僕に、もっと力があったなら。

騰蛇を和魂に戻して、解放してあげられるのに。

太常をたった一人で戦わせてなんておかないのに。

白虎も青龍も――神さまたちみんなを、道具たちも、幸せにしてみせるのに。

僕を慕ってくれるあやかしたちも同じく、笑って暮らせるようにしてみせるのに。

神さまたちも、あやかしたちも、人とともに幸せになれる世の中にしてみせるのに——。

「……僕はっ……」

それでも、今はのんきにベソベソ泣いていられる状況じゃない。

地に爪を立て、歯を食いしばった——そのときだった。

並べた神饌の前で、トンと小さな音がする。まるで、足音のような。

ギョッと身を弾かせた瞬間、今度ははっきりと地を踏み締める音がする。

僕は反射的に顔を上げた。

上げて——しまった。

「っ……！」

不吉な血の色のロングウルフ。まるで闇が侵食していっているかのように、毛先のほうは漆黒に染まっている。

褐色の肌。引き締まった精悍な頬。まっすぐ通った鼻筋。三日月型の獣の瞳孔を持つ瞳は、燃え盛るような紅蓮。

背中が大きく開いた漆黒の袖なし着物に、女性ものの紅の袿を片肌脱ぎで雑に引っかけ、露わになっている腰には悪魔のような大きな蝙蝠羽。

ふと、血塗られた闇の中で見た漆黒の龍を思い出した。

ああ、あの赫い闇だ――。

「…………」

ここにいるのは、螣蛇だけだ。

では、この神さまが――螣蛇。

「……っ……」

言葉が出ない。高位の神さまは大概みな美しいけれど、その中でもとびきりだった。

頭を上げただけではなく、視線まで合わせてじろじろ見ているなんて、殺されても文句が言えない不敬すぎるふるまいなのだけれど、それでも目が離せなかった。

恐怖を感じるほど、美しい。

神さまは神饌を跨いで目の前に立つと、腰を折り曲げるようにして僕の顔を覗き込んだ。

「――何を泣く？」

「へ……？」

意外過ぎる第一声に、思わずポカンとしてしまう。

「俺に、命乞いではなく許しを請うたのは、貴様がはじめてだ。それは少し興味深い……。だが、なぜ泣く？　貴様はこれから死ぬのか？」

「は……？　ええと……？」

　質問が不可解すぎて、思わず首を傾げてしまう。

「し、死ぬ？　その予定は……一応ないですけど……」

「ならば、なぜ、なぜだ？」

　逆に、なぜだ。泣くイコール、このあと死ぬという図式はどこからきた。

「せ、説明するとなると、難しいです……。説明ができないぐちゃぐちゃな気持ちを抱えて泣いていたので……」

「なんだそれは。貴様は阿呆なのか？」

　騰蛇が信じられないといった様子で眉を寄せる。

　いや、待ってくれ。これ、僕がおかしいんじゃないと思うけど？

「む、むしろ、僕がこれから死ぬと思ったのはどうしてなのかを知りたいんですけど……。あ、質問を許していただけるのであればですけど……」

「人間は化生(けしょう)を目の前にすると、悲鳴を上げて泣く。恐怖に慄(おのの)き、自らの命運を嘆いてな。そういうものだろう？」

　ああ、そういうことか。

「それ以外で、男(おのこ)が無様にビイビイと泣く姿を見たことがないのでな」

「……う……」

少々傷ついたけれど、しかしそんなことは言っていられない。

他者の目を憚(はばか)ることなくビイビイ泣く男が珍しいという珍妙な理由からだったとしても、
騰蛇が応えてくれたことには変わりがない。

このまま、話をすることができれば――！

「だが、そういうときはまず命乞いをするものだ。許しを請うのはあまり聞いたことがない。
貴様は俺に何かをしたのか？　そんな覚えはないが……まぁ、いい。人よ、去れ」

そんな僕の期待を余所(よそ)に、騰蛇は訝しげに眉を寄せたものの、すぐに興味を失ったように
肩をすくめて、ぴしゃりと僕の望みを絶ってしまった。

「貴様は殺さないでおいてやる。だから、去れ」

……そう甘くはないか。いや、わかっていたけども。

思わずがっくりと下を向いて息をつく。かといって、素直に諦めるつもりはない。どうに
か騰蛇を不快にすることなく、会話へと持ちこまなくては。

さぁ、どうするか。知恵を絞ろうとして――僕はふと騰蛇を見つめた。

貴様は、殺さないでおいてやる――？

僕はポカンとして、まじまじと騰蛇を凝視(ぎょうし)した。

なぜだ？　ここに入れる人間は、『一坪』の関係者しかあり得ない。騰蛇にしてみれば、一番ぶっ殺すべき相手のはずだろう？

僕を殺せば、『一坪』はまた所有者を失う。そうなれば、もう太常になす術はない。四獣の結界は、もって一日だ。彼らが力尽きた瞬間、さまざまな道具はその効力を失い、あるいは壊れてしまう。騰蛇は力を取り戻し、屋敷は炎に沈むだろう。

そして、この国の守護は失われる。

僕を殺せば、騰蛇は自由を手に入れられるだけじゃない。人に報いを——国の滅亡という罰まで与えることができるのだ。

それなのに、どうして。

「こ、殺さないんですか……？」

「……？　殺してほしいのか？」

おずおずと尋ねると、騰蛇が眉を寄せる。

僕は思いっきり首を横に振った。

「滅相もない。死にたくないです！」

「じゃあ、己の幸運を喜べばよかろうよ」

え？　生まれてこのかた自分の幸運を喜んだことなんかないんですけど。逆に難しいな。

いや、でも、どう考えたっておかしいだろう？

「あの、でも……僕は……」

「さっきも言ったが、俺に許しを請うたのは、貴様がはじめてだ。だからなのか……毒気を抜かれてしまった。貴様相手に牙を剥く気にはなれん。少なくとも、今は」

騰蛇が息をつき、心臓あたりに手を当てる。

「人への怒りは、憎しみは、今も臓腑を焼いているというのにな」

そのまま、少し不思議そうに眉をひそめる。なんだか騰蛇自身、理由がよくわかってない感じなんだけど……待てよ？　もしかして、例の『嫌われない才能』のおかげだったり？　太常や多喜子さんに言われてもいまいちピンときてなかったし、特別意識したことなんてなかったんだけど……だとしたら僕、わりとすごくないか？

まぁ、僕を人じゃなく珍獣として認識したって説もあるけどな。人への怒りは、憎しみは、人にこそぶつけるべきで、珍獣は除外っていう。

そんな馬鹿なことを考えていると、騰蛇がふと僕に手を伸ばす。

「許しを……ああ、そうか。それは、俺のための涙だったか」

黒く鋭い爪を持つ指が、僕の濡れた頬に触れた。

「なるほど。これは珍かだ。……悪くない」

『悪くない』と言いながら、しかし騰蛇はすぐさま興味なさそうに肩をすくめて、さっさと僕に背を向けた。

「その褒美とでも思うがいい。もとより、俺は秩序とは無縁な不安定なものだ。おおかた、また飽いてしまったのだろうよ。怒るのにも、暴れるのにもな。だから、今のうちに去れ。今なら殺さないでおいてやる」

「騰蛇……」

「早くしろ。温情をかけるのにも、いつ飽くかわからんぞ」

「っ……！　じゃあ、一緒に酒を呑ませてください！」

思わずそう叫ぶと——騰蛇が振り返って、ひどく奇妙なものを見る目を僕に向ける。

「は……？」

——大丈夫。僕もセルフで同じツッコミをした。『じゃあ』ってなんだよ？　馬鹿かよ？

でも、言ってしまったものは仕方がない。それでも騰蛇はこっちを向いてくれたのだし、結果オーライということにしておこう。

「千年の間にこの国も外国と交わり、以前とは比べものにならないほど多様化しております。美味い酒、珍しい酒、いろいろあります。同じ酒でも飲み方によってさまざまな楽しみ方もできます。それを酌み交わす間の、わずかな時間で構いません！　どうか！」

姿勢を正し、再び平伏する。

「どうか、あなたとお話をさせていただきたく！　きっと不愉快な話もあるかと思いますが、それでも……！　僕は今日、そのために来ました！」

「そのために？」

騰蛇が驚いた様子で目を丸くする。

「俺と話をするために？　そう言ったのか？」

「はい！」

「酔狂な……」

顔を上げて元気よく返事をした僕に、騰蛇が理解できないといった風情で眉を寄せる。

「それを願う貴様も貴様だが……。誰も貴様に教えなかったのか？　俺は話が通じるような生易しいモノではないと」

「ええと、それは白虎から聞きました」

「話は通じないと言われても、まだ話をしようと来たというのか？」

「はい！」

再び元気よく首を縦に振ると、騰蛇はひどく戸惑った様子で視線を揺らした。

「阿呆なのか……？」

「そうなのかもしれません。馬鹿の一つ覚えです。僕にはそれしかできないんで」

「だいたい、よくあの太常が許したな。信じられん」

「え？　ああ、いえ、思いっきり反対されましたけど、許させ、ま、し、た。一刻かけて反対する気力をぶち折ってやったというか」

騰蛇が沈黙する。言葉もないほど驚いているようだった。

僕自身、めちゃくちゃ驚いたからな。あの太常を言い負かせられる日がくるだなんて！　人間、必死になればなんでもできるな！

「どう考えても、太常を突破してまで望むこととは思えん。奇矯（ききょう）な……」

騰蛇はそう言うけれど、でも僕は太常や四獣の反対を押し切ってよかったと思う。だって、現に思いっきり話が通じてるからな。今のところだけど。

神さまにも、情がある。心がある。僕ら人間とは理（ことわり）が違うだけだ。

それなら、やっぱりとことんまで向き合ってみなければ。

「僕は、屋敷のみなに不幸であってほしくないんです！」

僕は地に手をついたまま、まっすぐに騰蛇を見つめた。

「僕は安倍晴明じゃない。どうしたって、あの偉大な人のようにはなれません。太常の力を借りなければ、神さまやあやかしたちをこの目に映すことすらできないゴミカスです」

だからこそ、神さまや道具たちに命令なんてできないし、したくない。

国のために、人のためにその身を捧げよなんて、どのツラ下げて言えというのか。

「国が滅びても構わぬと？」

「いいえ！　でも、それは本当に、神さまや道具たちをあの屋敷に縛りつけておかなくては守れないものなんですか⁉」

ほかの方法は、本当にないのか⁉

そんなことはないと思う。

自身の死期を悟った安倍晴明は、人のために、国のために最善だと思う方法をとっただけ、太常は――そして神さまや道具たちはそれに従っただけだ。

人にも、国にも、神さまやあやかしたちにとっても最良の方法を模索してはいない。

「僕は、あなたを自由にしたい！」

和魂に戻り、穏やかに暮らしてほしい。

「神さまや道具たちを、幸せにしたい！」

ただ搾取(さくしゅ)されるだけの存在でいてほしくない。

「二度と太常をたった独りで頑張らせたりするものか！」

もう絶対に孤独にしない。僕が生きている間だけでも、ともに在る！

「もちろん、かの偉大なる人とは違う。僕にはなんの力もない。僕だけじゃ、夢物語にしかならない。だからこそ、みんなの力を借りたいんだ！　人や国を守るためだけにじゃない！　みんなで幸せになるために！」

あの屋敷の頼もしい者たちの力を、僕はそういうふうに使いたい！

「そのためにも……僕はあなたとも話がしたいんです」

僕はそう言うと、再び地に額を擦りつけた。

「どうか、僕にわずかな時間をお与えください」

どうか、忌憚（きたん）なく話をすることをお許しください。

騰蛇のために、太常のために、屋敷の神さまや道具たちのために、そして僕自身のために。

どうか――！

「……おかしなやつ」

ふと、騰蛇の声が柔らかくなる。

「貴様の名が俺の耳を汚すことを許そう。さぁ、名乗るがいい」

「っ……！」

感動で胸が熱くなる。

それは、夢で聞いたそのままの言葉だった。

僕は溢れる思いに身を震わせながら、ゆっくりと顔を上げた。

「吉祥……真備」

そして、涙をこらえながら、炎と闇のような姿の美しい神さまを見つめた。

「吉祥真備です。この地を受け継いだ『所有者』で、太常から理不尽な脅迫をされたうえ、かの人が遺した道具たちの次の『主』にされてしまった……不憫なヤツです」

「真備、か」

螣蛇が小さく呟く。覚えてくれようとしているのだと思うと、それだけでまた涙が溢れてしまいそうだった。

怒りも、悲しみも、憎しみも、まだその胸にあるというのに、それでも僕と言葉を交わし、僕に興味を持ち、そして名を覚えようとしてくれているのだ。

ああ、これほどのことがあるだろうか！

「だけど最近、それも悪くないと思えてきたところです」

「ほう？　なぜだ」

もちろん、こんな感動が味わえるのだから。

縁を結ぶことは、とても尊いことなのだとあらためて思う。

人でも、あやかしでも、神さまでも——相手が誰であろうとそれは変わらない。

「そうですね。人の分際で神さまと酒を酌み交わす約束ができるのは、素晴らしいことなんじゃないかと」

そう言うと、しかし騰蛇はなぜだか気の毒なものを見る目をしてため息をつく。

「本当に阿呆だな、貴様は。それは十二分に不憫なことだろうよ」

「え……？」

「すぐに理解(わか)ろう。神の玩具(がんぐ)になるということが、どれほど不憫なことか」

目を丸くした僕を一瞥(いちべつ)し、騰蛇が再び背を向ける。

ん？　いや、待て。僕は『所有者』であり『主』なのであって、『玩具(おもちゃ)』になった覚えはまったくないのだけれど。

内心首を捻(ひね)っていると、騰蛇がふと足もとを見、純白の風呂敷に包まれた酒瓶を無造作につかみ上げた。

そして、そのまま三方の列を跨ぎ、闇の奥へと入ってゆく。

「えっ⁉　あ、あの……！」

まだ返事をもらってないんだけど！

ま、待ってくれ！　ここで帰ってもらっちゃ困る！　話をして——少なくとも太常たちの凶日明けまでは、彼の暴挙を止めなきゃいけないのに！

慌てる僕に、螣蛇は振り返りもせず、手にした酒瓶を軽く振った。

「これで、十日ほど寝ていてやろう。貴様は早く去れ。――息が上がっているぞ」

必死に隠していたのにもかかわらず、しっかり見透かされていたことにも驚いたけれど、十日間という期限にもまた驚く。

僕は奥歯を噛み締めると、勢いよく額を地面にぶつけた。

「あ、ありがとうございますっ！　必ずっ！」

それはつまり、太常たちの凶日が明け、彼らの力が完全に戻るまで、大人しくしているということだ。

僕がただ理想論を語るためだけにここに来たわけじゃないことを、彼は察した。

そして、何を求めているかも。

そのうえでの、提案――。

「十日後のこの時間に、また来ます！」

胸が苦しいほど熱く締めつけられる。

ああ、守れた――。

僕の手柄ではないけれど。

優しくて、美しくて、ズルいほどかっこいい神さまのおかげだけれど。

「美味い酒を……持ってきますね……」

冷や汗を拭いながら微笑む。

騰蛇はそんな僕を見ることなく、その闇に身を溶かした。

「――それも一興だろう。まぁ、飽くまでのことだかな。さぁ、出てゆけ」

4

「ヌシさま！」

「主さま！」

「主！」

よろめきながら中門を出ると、そこで待機していた者たちがいっせいに僕を見た。

華、神庭の滝から戻って来ていたらしい太常、青龍、白虎、朱雀、玄武、そしてまだ僕が見知らぬ神さまや道具たちの姿もあった。

「なんと……！　この短時間で、そこまで穢れてしまわれるとは……！」

青龍が一気に青ざめ、叫ぶ。

「誰ぞ！　浄めの呪符と水を！　早く！」

「ヌ、ヌシさま……」

華が、駆け寄りたいけれどできないといった様子で、その場でたたらを踏む。

それは華だけじゃない。みな同じだった。神力の高い者ほど、穢れには弱いから。

「穢れがひどすぎる！　人の身であっても、これは……！」

「主！　大丈夫か？　まだ意識はあるな？　目を閉じるなよ！」

「おい、誰か猫を呼べ！　アイツなら、俺らよりは近づけるはずだ！」

騒ぐみなの姿に、ようやくホッとする。僕は、そのまま中門前の階段にへたり込んだ。

ああ、頭がグラグラする……。

「おい！　主！」

「騰蛇が……出てきてくれたんだ……」

「なっ……⁉」

僕の言葉に全員が驚愕（きょうがく）する。

愕然（がくぜん）とした表情を浮かべて、一様に『あり得ない』とばかりに首を横に振った。

「まさか！　騰蛇が⁉　あり得ない！」

「本当だ……。僕と……視線を合わせて、言葉を……交わしてくれたよ……」

「そんな……馬鹿な……」

太常もまた、信じられないといった様子で呟く。

そう――。太常は朧蛇が出てくるなんて夢にも思っていなかった。実際、神庭の滝でも、朧蛇は出てこないという前提のもと話をしていた。

『あなたが黒靄の中に入れば、その声は必ず朧蛇に届きます。返事がなくとも、間違いなく聞いています。ですが、おそらく朧蛇から言葉を引き出すことは無理でしょう。そのため、すべての交渉は、朧蛇の沈黙を「彼は不快に思っていない」「彼は拒絶する意思がない」と解釈して行うものとお考えくださいませ』

『不快であれば、あるいは拒絶するつもりであれば、それは攻撃という形で必ず表れます。沈黙しているなら、それは不快ではないのです。提案を呑む気がわずかにでもあるのです。とにかく、ずっと沈黙させておくこと。それを念頭に話を進めてください』

太常にそう言い含められていたから、僕も沈黙を肯定と考えて話を進めるつもりだったし、攻撃以外の形でなんらかの意思表示をしてくれたら御の字ぐらいに考えていた。

一番は、朧蛇を怒らせないこと。そして、攻撃に移らせないことだと。

ところが、彼は出てきた。

出てきて、言葉を交わしてくれた。

「それで、そこまでの穢れを受けちまったのか……！」

白虎があっけにとられたまま唸る。

そう。つまり、完全に予想外だったものだから事前の準備がまったくもって足りてなくて、荒魂状態の螣蛇の放つ穢れをモロに食らってしまったというわけだ。

「でも、螣蛇は……優しかった……。誰だよ……？　話が通じないなんて言ったヤツ……。全然だ……。最後には、僕の体調も……気遣ってくれた……」

譲歩するとともに話を打ち切ったのは、間違いなく僕のためだ。これ以上一緒にいたら、僕の身が危ないと思ったから。

そんな気遣いをしてくれる神さまだった。

未だ荒魂でありながら、人に怒りを――憎しみを抱いていながら、それでも優しい神さまだった。

「螣蛇……。十日間……大人しく寝ていてくれるってさ……」

僕はみなを見回して、なんとか微笑んだ。

「四獣は、無理をして、慣れない結界を張る必要はない……。太常も……凶日が明けるまで、大人しくしていればいい……。ほかのみなも……西の棟に近づきさえしなければ、大丈夫だ。まぁ、穢れが強いから、近づきたくても無理、だろうけど……」

「なんと……！」

青龍が絶句し、玄武と顔を見合わせる。

「太常……凶日が明けても……騰蛇の力を抑えつけるような真似は……しないでくれ……。結界が必要なら、華の方法をとってほしい……」

太常が常に維持していた——そして四獣が一時的に張った結界は、騰蛇の力を抑えつけ、これ以上の暴走をさせないようにするためのもの。

そして、僕の求めに応じて華が張った結界は、ただ単純に僕以外の者を騰蛇に近づけないためだけのものだ。

それで充分だ。彼は、十日間寝ていてくれるのだから。

「どうか……騰蛇の優しさを踏みにじるような真似だけは……」

必死に紡ぐ言葉に、太常が苦しげに顔を歪めて、深々と頭を下げる。

「たしかに承りました、主さま。そのようにいたしましょう」

「……頼む……」

「なんとまぁ……あなたの才は存じておりましたが、まさか騰蛇まで搦めとろうとは……。まだ信じられません……」

「別に、心を搦めとったわけじゃ……ないと思う……」

ただ、温情をかけていただいただけだ。

そう言うも、しかし太常はきっぱりと首を横に振った。

「彼の情を引き出すことができた。それこそすべてです。主さま。力には力で対抗できます。しかし、心には……。神は人ほど複雑で豊かな心を持ちませんから」

「……こ、ころ……」

「だからこそ――あなたは怖い。あなたの心を暴く力は、神相手には最強の武器と言っても過言ではありますまい。ある意味、安倍晴明よりも恐ろしい……」

……褒めすぎだろ。そんな大層なもんじゃないよ。

次第にぼやけてゆく視線の先で、太常が地面に膝をつき――青龍たちもそれに続く。

「我らが主。主になれと脅したのがあなたで、本当によかったです」

その言い方に、思わず笑ってしまう。

そんな憎まれ口すらも、今は嬉しい。

「もっと……ほかに言い方はなかったんですか……？　太常さん……」

でも、僕が意識を保てたのはそこまでだった。

一気に目の前が黒く塗り潰され、僕はその場に倒れ込んだ。

ひらりひらりと降る桜（はな）よりも

1

「身体の具合はいかがですか？　わたくしはこの一週間、心配で夜も眠れず」

「それ、僕のせいじゃない」

　太常、お前ぐらいの神さまは、もともと食べもしないし眠りもしないんだろうが。

「一週間ぶりにようやく熱が下がったところだからな……。まぁ、悪くはないよ」

　もちろん、万全にはほど遠いけれど。

「それよりも暑いんだけど。なんで僕、こんなところにいるわけ？　熱も下がったことだし、湯治に行こうって誘われたはずなんだけど？」

「ええ、そうですね」

「じゃあ、なんで河原で河童(かっぱ)のケンカを見てるわけ？」

　七月――。岡山県津山市(つやまし)の、津山駅前を流れる吉井川(よしいがわ)の河原は、日陰でじっとしていても汗が噴き出す暑さだ。

　すでに十六時を回っていて日差しは弱まっているとはいえ、病み上がりでこれはキツい。

僕は大きめの石に腰を下ろしたまま、やれやれとため息をついた。

「わたくしも戸惑っているところなのです。湯治の手配をしたはずなんですが……」

太常もまた困惑した様子で、にらみ合う小学一年生ぐらいの体格の河童たちを見つめた。

「わからんやつじゃのう！　主をお迎えするのはわしらじゃ！」

「そうじゃ！　そうじゃ！　何度言うたらわかるんなら！」

「阿呆なことを言うな！　主をお迎えするのはわしらのほうじゃ！」

「そうじゃ！　そうじゃ！　勝手なことをぬかすな！」

「支流の分際で、でかいツラすな！」

「なにを⁉　吉井川水系最大の支流をないがしろにしてええと思うとんか！」

「そうじゃ！　誰のおかげで一級河川名乗っとれると思うとんじゃ！」

「少なくとも、お前らは関係ないわ！」

一匹の河童が叫び、周りの河童たちが「そうじゃ！」「そうじゃ！」と口々に言いながら、相対する河童の集団をにらみつける。

「我らは岡山の三大河川のうちの一つじゃあ！　たかが支流とはわけが違うんじゃい！」

「は！　ただデカいだけじゃがな！　こっちはどれだけ豊かな川じゃ思うとんなら！」

僕は再度ため息をついて、傍らで涼しい顔をしている太常を見上げた。

「……これ、なんのケンカ？　いまいちよくわからないんだけど」

「吉井川に棲（す）む河童と、吉野川（よしのがわ）に棲む河童の諍（いさか）いのようですが」

「いや、そこはなんとなくわかるよ。それが僕になんの関係があるかって話」

　さっきから、どちらの河童も『主をお迎えするのはわしらじゃ！』って繰り返してるけど、なんのことかさっぱりだ。どちらにしろ、川にお迎えされても困る。

「おそらく、どちらの温泉にお迎えするかという話なのでしょう」

「温泉？」

　思いがけない言葉に、反射的に身を起こす。

　え？　何それ。聞いてないんだけど？

「温泉に入れるの？」

「はい、あなたさまの湯治のために、奥津温泉への滞在を手配いたしました」

「奥津（おくつ）温泉！　聞いたことある！」

「有名な名湯でございますよ。日本神話に登場する少名毘古那神（すくなびこなのかみ）が発見したとされており、柔らかな絹に包まれるような優しくなめらかな水質で、病後回復期、疲労回復、健康増進にとくに定評がございます」

「へぇ！　いいじゃん！」

え？　じゃあ、なんでこんな河原で蒸されてんだよ？　早く行こうぜ。

「ん？　その奥津温泉は、現世の宿に泊まるのか？」

「いいえ、宿も温泉も同じものが幽世にございますので、そちらに」

太常がそう言って、扇をパチンと閉じる。

「幽世は現世の裏世界のようなもの。人には認識できない、神やあやかしのための世界です。阿部神社の幽世があの屋敷であったり、鬼ノ城の幽世が過去に失われた鬼の城であったりと、現世とは違うものが存在する場合もございますが、神庭の滝のように、ほとんど同じものが存在する場合もございます。そういった場所には、得てして幽世にも現世の土地のパワーが流れ込んでおり、より霊験あらたかとなっております」

「奥津温泉もそれだと？」

「ええ。現世と同じ温泉が湧いており、現世と同じく歴史ある宿がございます。――ああ、そういえば、手配した宿の主がごんごでございました」

「ごんご？」

「河童のことでございますよ。津山の方言で『ごんご』と言います。古くから、吉井川にはごんごが棲むという伝説があり、津山にはそれにちなんだ祭りもございます」

「へぇ」

「奥津温泉も、温泉街が吉井川にかかる奥津橋を中心に形成されておりますので……」

「あ、なるほど?」

もしかして、吉井川の河童は、僕を奥津温泉にお迎えするって言ってるわけか。

「じゃあ、吉野川の河童も吉野川のどこかにお迎えしようって言ってるのか?」

「ということは、もしかして湯郷温泉でしょうか?」

「湯郷? それも聞いたことがあるな」

「奥津温泉と同じ、美作三湯のうちの一つですよ」

太常が閉じた扇で口もとを隠して、にっこりと笑った。

「平安の時代、天台宗第三代座主——延暦寺の円仁法師が西国巡礼中に、白鷺が足の傷を癒しているところを発見したと伝えられる名湯です。薬湯としても知られ、消化器系の病や神経痛、婦人病などに効果があるとのこと」

「へぇ」

「湯治場・保養温泉というよりは、家族で楽しむレジャー温泉といった感じでしょうか? スポーツ施設や工芸の体験型施設、博物館など、さまざまなレジャー施設がございますね。それもあって、温泉街としてはかなりの規模となっております」

「そっちはそっちで楽しそうだな。で、それが吉野川沿岸だと」

「そうでございますね。吉野川にかかる鷺湯橋が入り口となっております」

僕はにらみあう河童たちを眺めて、それから再び太常を見上げた。

「今回は、僕の身体の状態的に、奥津温泉のほうを選んだってことだよな？」

「ええ、もちろん。温泉として優劣をつけた覚えはございません。奥津温泉も湯郷温泉も、どちらも素晴らしい温泉地です」

太常が、当然ですとばかりに頷く。

瞬間、吉野川の河童たちが僕のほうを見て、いっせいに平伏した。

「しかし、湯郷温泉は本当に素晴らしいのです！　ぜひとも来ていただきたい！」

間髪いれず、吉井川の河童たちがそれに噛みつく。

「主さまが奥津温泉にと仰せなんじゃ！　しゃしゃり出てくんな！」

「黙っとれ！　今は、主さまに申し上げとんじゃ！」

「あぁん？　そもそも、おどれらが割り込んできたけぇおかしなことになっとんじゃ！」

「黙っとれ言うとんじゃ！」

吉野川の河童たちが叫び、サッと保冷バッグを差し出した。

「主さま！　湯郷には、旅館・ホテルの女将の会の声から生まれた、地元の名産品を使った湯郷美人を作る人気のスイーツがございまして！」

「え？　スイーツ？」

それは聞き捨てならないんだけど。

『ほしいほしい』と両手を差し出すと、太常がその保冷バッグを受け取ってくれる。

「ええ！　こちらにお持ちしたのはプリンのみでございますが、美作の農園プロデュースのカフェもございます！　そちらでは、新鮮なフルーツを使ったかき氷やパフェ、大福などもお楽しみいただけます！」

「かき氷⁉　パフェ⁉　食べたい！」

思わず身を乗り出して叫ぶ。瞬間、吉井川の河童たちの間に動揺が走る。

「お、おい！　ズルいぞ！」

「吉野川の！　やり方が姑息（こそく）じゃのォ！」

太常もまた、心躍らせながら保冷バッグを開ける僕をあきれた様子で見下ろして、そっとため息をついた。

「主さま……。目的は湯治なのですが……」

いや、そうかもしれないけど、僕にとってスイーツは重要だよ。

「うわー！　美味しそう！」

僕はさっそく、六つ並ぶプリンのおしゃれな小瓶を手に取った。

「身体を癒すにしても、まずは主食がないとなら」

「そのとおりでございます！　湯治において、食べものはとても重要かと！　栄養は健康な身体を作るのに欠かせないものなのですから！」

僕の言葉に、吉野川の河童たちが大きく頷く。太常がやれやれと肩をすくめた。

「それは、たしかに。しかし、それがスイーツでは……」

保冷バッグにはちゃんとスプーンとおしぼりも入っている。

僕はおしぼりでしっかり手を拭くと、プリンの一つを開けた。

「ほかにも、岡山県産の素晴らしい食材をご用意いたしました！　瀬戸内の海の幸をはじめ、岡山が誇るブランド牛、ブランド豚、そしてもちろん美作の野菜やフルーツたちもです！湯郷温泉には料理自慢の宿が多いのですよ！」

「うわっ……！　美味っ！」

プリンはクリームのようななめらかな食感で、ミルクと卵の味が濃い。めちゃくちゃ好み。いちごのソースもいい。誤魔化し（ごまか）が一切ない、素材のよさが一発でわかる味だ。

「え……？　美味すぎなんだけど。六つじゃ足りない……」

もっとほしいな。あ、そっか。湯郷温泉に行けば、このプリンももっとたくさん買えるし、これに匹敵（ひってき）するほかのスイーツも食えるのか。——いいな。それ。

すぐさま二つ目に手を伸ばした僕に、太常が眉を寄せる。

「主さま？　河童たちのプレゼンを聴いておられますか？」

「あ、聴いてる聴いてる。大丈夫。続けて」

「もちろん、湯郷温泉には、十軒の旅館と湯郷鷺温泉館の中からお好みの三ヶ所のお風呂にご入浴いただける『湯めぐりコースター』というものがございまして！　それぞれのお宿の趣向を凝らしたお風呂をお得にお楽しみいただけます！」

「へぇ、いいじゃん！　楽しそう！」

「スイーツに釣られている感が否めませんが……。では、湯郷温泉のほうにいたしますか？　わたくしは構いませんが……」

「変更できるの？」

そう言った瞬間、吉野川の河童たちが手を叩き合い、吉井川の河童たちが泡食った様子で膝をつく。

「おおおおおお待ちください！」

「そそそそその決定は時期尚早かと！」

「こちらでも素晴らしいおもてなしを用意しとりますけぇ！」

「あ、ごめん。聴く聴く。ちゃんと両方の話を聴くよ」

四つ目のプリンを開けながらそう言うと、吉井川の河童たちが九つの紙袋を差し出す。

それぞれ、紙袋に描かれているロゴや店名が違う。九つの店で買ってきたようだった。

「この津山にも、魅力的なご当地スイーツがございます。ロールケーキです」

「ロールケーキ?」

思わずプリンをすくう手が止まる。

「はい、郊外の豊かな自然と肥沃な大地に恵まれた環境を生かし、産学官民協働による農商工連携により津山産小麦『ふくほのか』の生産に取り組み、それを活用した食文化の向上と新しい地域活性化事業に取り組んでおります。賛同してくださった津山の和・洋菓子職人が、『ふくほのか』とほかの特産物を織り込みオリジナルのロールケーキを創作し、それを統一ブランドとして販売しているのです。通年手に入るものは、九種類」

「あ! それで紙袋が九つなのか!」

「そして、夏季限定のものも、九種類。現在、十八種類お楽しみいただけます。今年の夏季限定品はマンゴーというお題でございます。それぞれのお店の個性が出ていて、九種類ともとても素晴らしいです。今こちらにお持ちしたのは通年のもののみですが、お求めとあらばすぐにでも手配いたしましょう!」

「マジで!? 食う食う! すぐに手配して!」

　間髪いれずそう言うと、案の定、河童たちから紙袋を受け取っていた太常が顔をしかめる。

「は……？　お待ちください、主さま。すでにここにロールケーキが九本もあるのですよ？　すぐに手配してしまっては、十八本です。一度にそんなに食べられるわけが……」

「え？　余裕なんだけど」

「……ほかのものはいっさい食べないおつもりですか？　いけません。食事はきちんとしていただかないと」

「もちろん、お食事のほうも主さまの御為に素晴らしいものをご用意しとりますけぇ、ぜひご賞味いただければ！」

　太常の苦言に、吉井川の河童たちが大きく頷いて言う。

え……。僕は別にスイーツだけでもいいんだけど。

「主さまは『養生食い』をご存じですか？」

「え？　知らない。はじめて聞いた。太常、知ってる？」

「ええ。江戸時代、農耕や輸送などに使う牛を食すことは禁じられておりました。しかし、彦根藩と津山藩だけは健康のために牛肉を食べる文化があり、幕府からもそれを認められておりました。それを、『養生食い』と言うのですよ」

「へぇ……」

「つまり津山は、明治時代になって牛肉を食べることが許可されたほかの地と比べて、牛肉食の歴史が深く、また食肉処理技術も群を抜いており、独自の牛肉食文化が存在しているのです。健康を取り戻すには、まずは良質な肉を！」

「そうなんだ。ホルモンうどんは岡山市の『粋（スイ）』って店で食べた。あれも津山名物だよな？東京の人間からしたら、あんなに新鮮で上質なホルモンが、あんなにたっぷり入ってるのに、値段が千円しないって……マジで意味がわからなかったんだけど……」

実は、ぬらりひょんに連れて行ってもらってから、朔と一度、太常と二度、訪れている。約束だった『粋』の味も教えてもらった。そのときにホルモンうどんも食べたんだけど——クオリティと値段が釣り合ってなくて、めちゃくちゃ驚いたんだよな。

「その店が特別安いってわけじゃないんだろ？」

「そうでございますね。こちらでも、だいたい一人前は千円しないぐらいのお値段かと」

「信じられない……」

岡山すごすぎだろ……。

僕は六つのプリンを食べ切って、太常の足もとにある九つの紙袋に視線を移した。

「でも、一週間も高熱で寝込んでたからさ、あまり脂（あぶら）っこいものはキツいかも……」

「そうでございましょうな。ピッタリのものがございます。『そずり鍋』です」

「そずり？」

紙袋に手を伸ばすも、太常に扇でペチンと叩かれる。

僕は手の甲をさすりながら、聞き慣れない言葉に首を傾げた。

「肉の部位の名前でございます。『そずる』とは『削る』という意味の方言でございまして、牛のアバラ骨にまとわりついている肉のことで、骨から削ぎ落とすためそう呼びます」

へぇ。マグロでいう中落ちみたいなものか。

「骨のまわりの肉は栄養たっぷりでとても美味しいんです」

「あ、たしかに。骨付きカルビでも骨の周りが一番美味いって言う人もいるよな。なるほど、その肉で作った鍋ってこと？」

「そのとおりでございます。お醤油（しょうゆ）ベースの味わい深いお出汁（だし）で、肉からもいい味が出て、野菜をたっぷり入れてお楽しみいただきたく！」

「へぇ〜！　美味しそう！　それなら食べられそうだ」

「ええ、そのためにも。ロールケーキはあとにしてくださいね」

太常が、懲りずに伸ばす僕の手を叩いて、にっこりと笑う。

「いや、食べさせてくれよ！　ロールケーキ九本食ったぐらいじゃ大丈夫だから！　夕飯はしっかり一人前食えるから！」

「は⁉　九本とも食べるおつもりなんですか⁉」

「は？　九本あるんだから、もちろん九本食べるだろ」

何かおかしいか？

きっぱりと言うと、太常が信じられないとばかりに頭を振った。

「……そのスイーツフリークっぷりをなんとかしないと、主さまの健康など夢物語のような気がしてまいりました」

「いや、そんなことないって。頼むから、僕からスイーツを取り上げるような真似はするな。そして、そのロールケーキを寄越せ」

「いけません」

九つのロールケーキをかけて太常と小競り合いをしていると、好感触を得たと感じたのか、吉井川の河童たちが頷き合って、声を弾ませる。

「さらに、干し肉や煮凝り（にこご）など、津山ならではの牛肉料理もございます」

「干し肉？　ビーフジャーキーってこと？」

「いいえ、魚でいう干物……一夜干しと言ったほうが近いかもしれんです。天日干しした分、味が濃厚になっとりますが、脂や肉汁はしっかりありますよ」

「へぇ……ちょっと想像できないな……。食べてみたい」

「煮凝りも、普通は魚で作るものですが、津山では牛肉で作ります。とても美味しいですよ。ほかにも……」

そのとき――だった。

「ほ、ほ、ほ。津山を推(お)してくれて感謝しますよ。吉井川のごんごたち」

どこからか、穏やかで優しく、とても柔らかな――それでいて厳かで、力強く、底知れぬ恐ろしさを感じさせる声が響く。

それを合図に河原一帯が光り輝いて、太常がとっさに僕を背に庇う。

「どうぞ、そんな津山にご滞在くださいませ。阿部のあたりの主よ」

あまりの眩しさに思わず顔を伏せた瞬間、太常がハッと身を震わせて膝をつく。

あの龍神の前ですら膝を折らなかった太常のその行動に、僕もまた息を呑んだ。

「太常……？」

「神です……。とても強大な……」

「お前が頭を下げるほどのか……？」

「ええ」

太常が頷く。――嘘だろ？　マジか。

僕は慌てて小岩から降り、太常に倣(なら)って膝をついた。

「いえいえ、そんな必要はありません、頭をお上げください。阿部のあたりの主よ。そして、十二天将が一、太常どの」

あたりを真っ白に染めていた輝きが穏やかになる。

僕と太常は素早く視線を交わすと、ゆっくりと頭を上げた。

足もとまである絹糸のような白髪に、太常や青龍よりも色の淡く慈愛に満ちた白金の双眸。抜けるように白くなめらかな肌に、繊細な白い睫毛が影を落とす。まっすぐ通った鼻筋に、引き締まった頬。そして、形のよい薄い唇。――ああ、高位の神さまは本当に美しい。

女神……？　それとも男神だろうか？　女性のように麗しく華やかで柔和な雰囲気だが、一方で男性的な見る者を圧倒する力強さも感じられる。

まるでローブのような純白の浄めの長衣を重ね着し、白絹の襲をゆったり羽織っており、後光というのだろうか――淡い光を纏っている。

「すげぇ……。こんな神さましてる神さま、はじめて見たかも……」

思わずそう呟くと、白き神が「ほ、ほ、ほ」と笑う。

「誉め言葉と受け取っておきましょう。では、阿部のあたりの主よ。あなたをお迎えしたい。温泉と城をご用意しております」

「城……？」

白き神が頷いて、そっと背後を示す。
吉井川の向こう——ビルの合間にそびえたつ美しく立派な石垣と櫓に、目を見開く。
「津山城でございます」

2

津山城は、『本能寺の変』で討死した森蘭丸の弟——森忠政が、一六一六年に美作の国は鶴山に築いた平山城。世界遺産である姫路城や現存十二天守の一つである松山城と並ぶ日本三大平山城の一つだ。

当時は、姫路城をはるかに上回る七十七棟の櫓が建ち並び、さまざまな独自の構造を持つ壮大な城だったんだけど、明治の廃城令で、櫓はもちろんのこと、天守、門などの建造物は、地元の神社に移築されたたった一つ四脚門以外すべて取り壊されてしまった。

ただ、地上から四十五メートルに及ぶ一二三段に築き上げられた高石垣はそのほとんどが残っていて、当時の面影を見ることができる。

現在は鶴山公園として『日本さくら名所１００選』にも選ばれる桜の名所として名高い。

「温泉と城を用意した、かぁ……」

年季の入った石の階段を上って、高い石垣に突き当たったら左に折れてまっすぐ行く——。そこはもう、鶴山公園の入場ゲートだ。

「ってことは当然、幽世の津山城ってことだよな？」

暑さのせいか、それともすでに十七時を回っているせいか、人はまばらだけれど、誰にも聞かれないよう、小さな声で呟く。当然、先を行く白き神も、隣の鴨方さんをしていない太常も、人の目には映っていないからだ。一人なのに、まるで誰かと話しているかのような独り言を大声で口にしながら歩く不審者にはなりたくない。

「間違いなくそうでしょう。幽世の津山城は訪れたことはございませんが」

「幽世の？　ってことは、かつてここにあった津山城には来たことがあるのか？」

「ええ、一度だけ。廃城が決まったおりに。それはそれは立派で美しい城でございました」

その美しくも壮大な——そして、もう二度と誰も見ることができない津山城に入ることができるのか。何それ、めちゃくちゃ楽しみなんだけど。

「でも、河童たちには悪いことしたな。いろいろ準備して、熱心にプレゼンしてくれたのに。また別の機会に必ず行くからって伝えておいてくれるか？」

「主さまに必要以上のスイーツを与えないようにという文言とともに、伝えておきます」

え？　なんでそんな余計なことするんだよ？

せっかく一人で歩いている風を装っていたのに、しかしその言葉は聞き捨てならなくて、思いっきり隣の太常を見上げてしまった。

「そんなこと言われたって河童たちも困るだろう。僕の許容量なんて把握してないわけだし。ちなみに、プリン六個とロールケーキ十八本は許容量だ。用意してくれていい」

もちろん、それ以上でも構わない。

その言葉に、太常が信じられないとばかりにため息をつく。

「おやつにそんな量を食べてはいけません。学校で習いませんでしたか？」

「あいにく、うちのほうにはそんな風習はないな」

「どうしてそれで太らないのでしょうか？」

「単純に、それ以上に消費してるからだろ。主に不幸に見舞われることで」

「カロリーはそれで消費しているかもしれませんが、栄養はどこにいっているのですか？　生クリームにもカルシウム等の栄養が含まれていると思うんですが、それはどうして背丈に反映されていないのでしょう。不思議で仕方がないのですが」

「うっさいな。そこはツッコむなよ」

ジロッとにらみつけていると、ゲートの前で白き神が僕たちを振り返った。

「では——主どの」

白き神がにっこり笑って、ゲートに触れる。

瞬間、そのゲートが巨大な門へと変わった。

「っ……！　うわっ……！」

白い城壁に、黒光りする瓦葺（かわらぶき）の屋根、見る者を圧倒する冠木門（かぶきもん）。

慌てて傍らの三の丸の石垣を見上げると、そこにも眩しく白い城壁ができていた。

「もう幽世です。さぁ、どうぞ中へ」

白き神がそう言って、かつての津山城へと入ってゆく。

僕は頷いて、太常とともにそのあとに続いた。

「冠木門からは迷路とも言える構造となっております。御殿までは少々歩きますが、どうかご容赦（ようしゃ）いただきたい」

白き神が先を歩きながら、小さく頭を下げる。

立派な城壁に見入っていた僕はその言葉に驚いて、慌てて首を横に振った。

「え？　いやいや、謝らないでください。もう現世には存在しない素晴らしいものを見せていただけるんだから、むしろゆっくり見て回れるのはありがたいです」

鬼ノ城のときはバタバタしていて、じっくり見せてもらえなかったしな。

「ですが、主どのは病み上がりと伺っておりますので」

「ああ、はい。でも、もう熱は下がりましたから」

「それならよいのですが……。階段は無理をせず、どうぞゆるりとお上がりください」

冠木門からぐるりと回って階段を上ったところに、さらなる巨大な門が現れる。

その周りは満開の桜の木で溢れていて、僕はポカンと口を開けた。

「さ、桜⁉」

嘘だろ⁉　七月だぞ⁉

「幽世の津山城には季節はございません。花々は常に美しい姿をしております。本丸の藤も満開でございますよ。とても美しいので愛でてやってくださいませ」

満開の桜と藤を同時に見られるって……。

あっけにとられていると、白き神が「紫陽花とよく萌えた紅葉もございますよ」と言う。

マジか。

「でも、桜が植樹されたのって廃城になってからじゃ……？」

「そのとおり、城跡が津山町のものとなり、鶴山公園となってからですね。その桜がとても美しいので、幽世の津山城にないのが寂しくなってしまったのです。どうしても城と一緒に愛でたくなりまして」

白き神が振り返って、にっこりと笑う。

「ここは我らの箱庭。我らが美しいと思ったものや、ずっと残しておきたいと思ったものを詰め込んでいるのです」

それは――安倍晴明があの幽世の屋敷に、国のために必要なものを詰め込んだように？

「神の……箱庭……」

「そのとおり、温泉もその一つです」

「え？　温泉も？」

「ええ。津山市加茂町――加茂川の支流倉見川沿いに湧く百々温泉がとてもよいのですよ」

「百々温泉？」

美作三湯とはまた別の温泉？　岡山の県北って温泉多いんだな。

「はい、湧出したのは昭和半ばのことなので、美作三湯などに比べたら歴史は浅いのですが、ラジウムを含む透明で柔らかい湯は刺激が少ないため、病後の療養などに適しております。保養温泉としても人気なのですよ。ですから、どうしても城で入りたくなりまして」

その言い方に、思わず笑ってしまう。

「城で、桜を愛でながら？　いいですね。贅沢だ」

「ええ、このうえございませんとも」

巨大な門――表中門をくぐって、二度方向転換する石の階段を上ってゆくと、四脚門が。うちの幽世の屋敷と同等レベルの立派なそれを抜けると、二の丸だ。

「っ……！　う、わ……！」

数え切れない満開の桜の木に圧倒される。はらはらと舞い散る桜吹雪がもう美し過ぎて、言葉が出ない。

奥のほうに湯気が立つ岩場が見えるけれど、あれが温泉の一部だろうか？

「この二の丸に、出入り口を一つ作るのがよろしいでしょう」

白き神が笑顔で振り返って、そっと石垣を指し示す。

「あとは本丸と御殿に一つずつでいかがか」

その言葉に、太常がハッと息を呑んで大きく目を見開く。僕には意味がわからなかったんだけど、どうやら太常にとってはひどく意外な提案だったらしい。

「この津山城と屋敷を繋いでもよろしいと……？」

「えっ⁉　ここと屋敷を⁉」

つまり、僕の家のトイレが屋敷と繋がっているように？

「それって……」

「もちろん、一時的な話ではございますが」

白き神が袖で口もとを隠し、穏やかに笑う。

「屋敷の修復にも時間がかかりましょう。その間、道具たちがゆるりとできぬのは不憫な話。それに、保養が必要なのは主だけではないのでは？」

それは、そのとおりだった。

凶日に無理をして大幅に力を失ってしまった太常は、実はまだ本調子じゃない。とはいえ、普通に過ごすだけでいずれはもとに戻るらしいのだけれど。

四獣も慣れない結界を張ったり、騰蛇が大人しくなったあとも後片付けに奔走していて、とても疲れていた。青龍がガミガミ言わなくなるほどって、よっぽどだと思う。

僕の身体から穢れが抜けるまでは、看病は朔がほとんど一人でしていたから、僕が体調を取り戻すと同時に、アイツは寝込んでいた。

ほかにも力を失いかけたり、壊れかけたり、そんな道具たちはたくさんいる。

「美しき城で、みなさま一息つかれるがよろしいでしょう」

僕と太常は顔を見合わせ、深々と頭を下げた。

まさか、そんな提案をしていただけるなんて。

「ありがとうございます！」

「のちほど、お言葉に甘えさせていただきます」

「ほ。ほ。ほ。そうですね。まずは主どのからですね」

白き神がまた緩やかに歩き出す。

小さく息をつくと、太常が心配そうに僕の顔を覗き込んだ。

「お疲れですか？　結構上ってきましたからね」

「え？　ああ、いや、大丈夫。ちょっとだけ息が上がってるけどね。それだけだ。この上が、本丸なんだよな？」

そう言いながら見上げた先には、立派な備中櫓がそびえ立っていた。

「すごい……！　なんて綺麗なんだ……！」

「現世でも、築城四百年記念事業として備中櫓は復元されておりますが、天守と桜とセットで見るのはまた格別でございますね」

太常がうっとりと目を細めて呟く。

「さぁ、あと少しでございますよ」

「そうだな」

切手門を抜け、階段を上がり、ぐるりと巡って、ようやく表鉄門――本丸だ。

本丸にも、桜の木がたくさん。満開の藤と並んでいる景色は現世ではあり得ないけれど、だからこそ言葉もないほど美しかった。

表鉄門の櫓部分がそのまま御殿の玄関になっているそうで、そんな構造を持つ城は津山城だけなのだと、白き神が教えてくれた。

御殿に入って、遠侍という広間を抜け、さまざまな部屋を通り、虎の間という雄々しい虎が描かれた襖が美しい広間の先にある大書院——皇帝之間に辿り着く。

「こちらが、津山城で一番格式の高い部屋にございます」

それは一目でわかった。城主の権威を見せつける謁見の間——。惜しみなく金箔を使った襖絵は精緻で、豪奢で、煌びやかで、ひどく圧倒されてしまう。

その一段高くなった上座を示して、白き神が「どうぞ」と言う。

僕は慌てて両手を振った。

「僕が座るわけには……！」

「……？　ですが、ここは主が座るべき場所です」

「た、たしかに、僕はあの屋敷の主ですが……あなたの主ではないですので……！」

太常が頭を下げるような神を自分の下に置くなんてこと、できるわけがない。

「ですが、こちらはおもてなしする立場ですので……」

「そ、それでも、高貴な神を従えてくつろぐなんてこと、とてもできません……！」

「そうですか……。困りましたね……」

白き神が首を傾げて何やら考え込む。

そして、ポンと手を打つと、自らが上座に上がってストンと座り込んだ。

「では、ともに……であればよろしいですか？」

そう言って、ポンポンと隣を叩いて、にっこりと笑う。

「一緒に座りましょう？　主どの」

なんだ？　この神。可愛いな。

まぁ、白き神を下に置くのでなければ、いいか。っていうか、僕、まだこの神の正体を知らないんだけど。

僕は誘われるまま素直にその隣に座って、下座に控えた太常を見た。

「太常」

そろそろ紹介してほしい。

太常が心得たように頷き、「ではお勉強の成果を見せていただきましょうか」と言って、扇をパラリと開いた。

「主さまは、神世七代をご存じですか？」

「神世七代……？　あ、アレだろ？　日本神話にある、天地開闢のときの七代の神の総称。七代目が、かの有名な、日本国と三貴神を産んだ伊邪那岐神と伊邪那美神」

「はい、正解でございます。十二柱七代の神ですね」

「ああ、一代目と二代目は独りで完結する独り神。三代目からは、陰と陽——女神と男神のセットだったはず。だから、十二柱七代。合ってるよな？」

「ええ、合っておりますよ。では、その前の神は？」

その言葉に、思わず目をぱちくりさせてしまう。

「その前の神？」

「はい、神世七代が最初に生まれた神ではございませんよ。その前があります」

「えっ⁉　そうだったっけ⁉」

「はい、わかりやすく古事記（こじき）を解説した本などでは省かれていることも多いのですが」

なんで省いちゃうんだよ。

「……覚えがない。僕が勉強した本は、まさにその省かれてるものだったのかも？」

「別天津神（ことあまつかみ）という言葉に聞き覚えは？」

「いや……ない」

おそらく、省かれちゃってたんだと思う。

「天地開闢の際、まず高天原（たかまがはら）に三柱の神が成って、そのまま姿を隠されました。次に二柱の神が現れ、やはりそのまま姿を隠されました。そのあとに生まれたのが神世七代の神です」

「え、そうなんだ」

「はい、その五柱の神を別天津神と呼びます。五柱の神は、いずれも独り神です。そして、最初の三柱の神を造化三神(ぞうかのさんしん)と呼びます」

「おい……まさか……」

　隣の白き神を見る。

　日本神話で主神とされている皇祖(こうそ)神の天照大御神(あまてらすおおみかみ)や、三貴神として並び称される月読命(つくよみのみこと)、須佐之男命(すさのおのみこと)、その三貴神を産んだ伊邪那岐神と伊邪那美神よりも上の神——!?

　一気に顔色を失くした僕に、太常が頷く。

「こちらの御方は、別天津神であり造化三神。天に最初に成りし神——」

「天之御中主神(あまのみなかぬしのかみ)にございます」

　白き神がにっこり笑って、自己紹介してくれる。

「天之御中主って……」

　思いっきり『宇宙の中心におわす神』って名前じゃねーか！　うっそだろ!?　なんて神と並んでんだよ！　僕！

「げ、原初の神……混沌(こんとん)の中に最初に生まれた神だって……?」

　あまりに雲の上の存在に、思わず頭を抱えてしまう。

日本神話ではない、日本の神の階級が当てはまらない、大陸――中国の流れを汲む存在の太常が膝を折った意味がようやくわかった。うっわ！　マジでとんでもない存在だった！

「ってか、別天津神も……天津神……じゃないのか？　国津神じゃなくて」

日本神話の神さまには、天――高天原におわす神と、地上で生まれた神とがいる。前者を天津神。後者を国津神と呼ぶ。

別天津神と言ったって、天津神なんだろう？　なんでここにいるんだよ！

「おや、天津神は、天より天降った神のことも指しますが」

「天孫降臨だろ⁉　それはわかってるけど……！」

宇宙の中心におわす神が、地に降ってるわけないだろーが！

しかし、そこまで言って、ふと気づく。

あ、そうか。だから、この幽世の津山城を『箱庭』と言ったんだ。地に降ってはいない、津山城を棲み処としているわけじゃないから。普段は天に在って、その遥かなる高みから、現世の裏にある幽世――人には認識できない世界に好きなものを集めた庭を作って、そして時折降りたっては、作った庭を堪能しているだけだから。

僕は頭を抱えたまま、思わず唸った。

「……ちょっと待て」

本当に待ってくれ。まさか、僕のために天から降りてきてくださったわけじゃないよな？　たまたま降りてきた時に、吉井川で河童がケンカしてるのを見つけただけだよな？　頼む！　そうだと言ってくれ！　神さま相手でもわりと物怖じせずにやってきたけど、これは無理！　さすがに無理だから！

いや、でも、それにしちゃ今の状況を正確にご存じだったよな……。

「ここ津山には、古くから我ら造化三神を祀る神社がございます。我らにはとても馴染みが深い土地なのですよ」

思わず絶句――固まっていると、その御名をお呼びするのも恐れ多い白き神が、口もとを袖で隠して穏やかに微笑む。

「箱庭でゆるりとしていたところ、阿部のあたりの主が奥津への滞在を希望していることを小耳に挟みまして。それならこの自慢の箱庭でおもてなしをしたいと思いいたったのです」

「……なるほど」

それで、来てくださったってことか。なるほどね。

僕はモジモジしながら、そっと息をついた。

「あの……『阿部のあたりの主』って呼ぶのは、やめてもらっていいですか？」

「……？　なぜでしょう？」

そりゃ、『阿部のあたりの主』って呼び方は、あやかしたちにとっては安倍晴明が遺した道具たちや十二天将をはじめとする神さまたちを直接的に口にするのは恐れ多いってことで、そこをぼやかした――『阿部山あたりにある屋敷の主』って意味で使われ出したんだから。

さすがに原初の神に、そんなふうに慮(おもんぱか)っていただくのはなんとも居心地が悪い。

あ、でも、真名で呼んでくれっていうのもよくないのか。名前には力が宿っているから。

くっそ、面倒くせぇな。神さまとか。あやかしとか。

うーんと考え込んでいると、白き神が小首を傾げる。

「ふむ、理由はわかりませんが、主どのがそう仰るのであればやめましょう。そうですね、では阿部どのとお呼びしてもよろしいでしょうか？」

「え……？　あ、はい！　それで大丈夫です！」

え？　マジか。なんか、原初の神、めちゃくちゃ柔軟(じゅうなん)じゃない？　理由も言ってないのに、すんなりお願いを聞いてくれたよ。太常や青龍とは大違いだ。

僕は少し考え、おずおずと白き神を窺(うかが)った。

「あの、さらに注文するようで申し訳ないんですが、お名前をお呼びするのが恐れ多いので、天之宮(あまのみや)さまとお呼びしてもいいですか？」

「おや、それははじめての呼び名です。響きが綺麗ですね。構いませんよ。ご自由に」

じゅ、柔軟……。そして優しい……。うちの神さまって、個性が強くて自己主張が激しいタイプばっかりだからめちゃくちゃ新鮮だな……。あ、いや、まだ知り合えてない中には、白き神――天之宮さまのような柔和～なタイプもいるのかもしれないけど。

「…………」

僕は、あらためて天之宮さまを見つめた。

太常たちとは流れの違う、日本古来の神。最初にして最古の至高神。

この国ができる前に隠れてしまわれた、人とのかかわりを持たない神――。

「…………」

天之宮さまは無言のまま目を細めると、太常に視線を移した。

「――太常どの、城と屋敷を繋ぐご準備をお願いします。先ほども言ったように、出入口は二の丸と本丸、御殿に一つずつ作るのがよろしいでしょう」

太常が僕を見る。僕が頷くと、畳に手をついて頭を下げた。

「かしこまりました。では、御前を失礼いたします」

太常がしずしずと部屋を出てゆく。その雅やかな足音と衣擦れの音が聞こえなくなるのを待って、天之宮さまはころころと朗らかに笑った。

「ふふふ。阿部どのは、とても正直な方とお見受けしますね」

「え？　あ、はい、そうですね……。嘘は下手くそなほうです」

「我はそもそも人とかかわる神ではないため、人の心を推しはかることは不得手なのですが、それでもわかりましたよ。何やら、我に話があるご様子」

「えっ⁉　そ、そんなにわかりやすかったですか⁉」

天之宮さまが楽しげに笑いながら、頷く。僕はやれやれと肩をすくめた。

「そのとおりです。訊きたいことが、いろいろあります」

「でも、我が切り出すまで口にされませんでしたね。もしかして、腹心にも知られたくないことなのですか？」

「え？　腹心？　太常のことですか？」

「おや、違うのですか？」

ど、どうだろう？　常に僕の傍にいるって点では、そう言ってもいいのかもしれないけど、心が通じ合ってる気はまったくしないぞ。僕の気持ちはどうあれ、アイツのほうはなぁ……。アイツは本当に難しいヤツだから。

「僕のほうはともかく、太常の気持ちはそこまでいっていないような気がします。アイツが僕をちゃんと認めてくれたのって、つい最近の話なんで」

僕は苦笑して、太常が出て行った襖を見つめた。

「でも、当たってます。まだこれは、太常には聞かせられない……」

　高熱にうなされていた一週間――ずっと心にあったこの想いは。

「嘘をつくのが下手くそなので、いつまで隠しておけるか……そもそも今現在バレてないかめちゃくちゃ不安ですけどね」

　そう言って、僕は天之宮さまに視線を戻して微笑んだ。

「僕の話を聞いていただけませんか？　天之宮さま」

「ほ。ほ。ほ。よろしいでしょう」

　天之宮さまは白金の双眸を面白そうに細めると、白い髪を揺らして頷いた。

「陽が落ちましたら、ささやかながら宴を設けましょう。津山の街並みと、美しい城と桜、美味い酒に料理、心地よい喧騒を肴にして、とくと語り合いましょう。阿部どの」

3

「宴じゃ！　酒じゃ！」

「そぉれ！　呑め！　呑め！」

二の丸では道具たちが、本丸では神さまたちが、呑めや歌えのどんちゃん騒ぎだ。

僕は、天守最上部で天之宮さまと静かに盃を傾けていた。

三の丸、二の丸、本丸のそこかしこに植えられた千本桜はまるで雲海のようで、薄紅色の雲に囲まれた城は、まさに別世界。いや、本当にそうなんだけど。ここだけ幽世だから。

それなのに、現世の津山の町並みを眺めることができる。

キラキラと輝く星と夜空に負けまいと輝く地上のネオン、そして街を囲む雄大な山々――そんな現世の美しい風景と、かつての姿を留めたままの城に決して散ることのない桜という幽世の風景が混じり合っている。

幻想世界とは、まさにこのことを言うんじゃないだろうか。不思議で、たとえようもなく美しくて、いくら見ていても飽きない。

「歌え！　歌えぃ！」

「踊（おど）れ！　踊れぃ！」

「呑め！　呑めぃ！」

道具たちの手拍子や歌声、笑い声、歓びの声といったＢＧＭも、ひどく心地がいい。

「主さま！」

「主さま！」

僕を呼ぶ声も、あちこちから聞こえる。ほとんどひっきりなしだ。ただ、天守は高いから、どこから呼んでるのかは、ちょっとここからじゃ確認できない。

でも、その声は総じて明るくて、弾んでいて、楽しんでくれていることだけはわかる。

どこから呼んでるかがわからないから、適当に視線を彷徨わせながら手を振るんだけど、そのたびにわぁっと大きな歓声が上がって、また「主さま！」があちこちから飛んでくる。

いや、僕はアイドルかよ。

でも、くつろいで楽しんでもらえているのは嬉しくて、酒が美味い。

「みなさまには楽しんでいただけているようで、よかったです」

天之宮さまも同じ思いなのか、うっとりと下を眺めて盃を口に運ぶ。

「阿部どのは楽しまれていますか？」

「ええ、温泉はめちゃくちゃ気持ちよかったですし、そずり鍋はめちゃくちゃ美味いですし、ほかの牛肉料理もたまらないですし、景色はめちゃくちゃ不思議で美しいですし、何よりもみんなが楽しんでくれているのが嬉しいですし」

エンドレスな「主さま！」に手を振り返しながらそう答えると、天之宮さまが面白そうに目を細める。

「神や道具たちが楽しんでくれているのが、何よりも嬉しいとは……」

「変ですか？」

「あまり聞いたことはございませんね」

天之宮さまがクスクスと笑いながら、銀色の月を見上げた。

「人は、神を人よりも上位の存在としています。つまり、上（かみ）です」

「そうですね。だから祀るわけですし」

「人知を超えた、人よりも上位の存在の幸せについて考える人は少ないと思いますが」

「そうでしょうね」

僕は苦笑をもらして、津山の夜景を見つめた。

それは、神さまでなくとも同じだ。

たとえば、王さま。

王さまは、自分の国の民の幸せを願うものだ。そのために、持てるかぎりの力を尽くす。それが当たり前だ。少なくとも民はそう思っているし、またそれを求めてもいる。だから、民の幸せを願うこともせず、そのために尽くさない王さまには、民は決して従わない。

そして、その義務を果たさず、暴挙が過ぎれば、武器を手に取り王さまを斃す。

世界の歴史には、そうして斃された王は数多くいるし、そしてそれは別に昔の話じゃない。今でもクーデターはアチコチで起こっている。

だけど民は、王さまが幸せかどうかなんて、あまり気にしないものだ。

王さまは普通の人とは違う——大きな権力と巨万の富を持ち、民に傅(かしず)かれる選ばれし者だ。

王さまが持っているものは、多くの人の目に魅力的に映る。地位、権力、名声、財産——。

だから当然、それらを持っている王さまは自分たちより幸せだという意識が働くんだと思う。

でも、本当にそうだろうか？

王さまが大きな権力や巨万の富を持っているのは、国を動かすという普通ではあり得ない重責を担っているからだ。

その中で、普通の人なら経験することはない——理解すらできないかもしれない困難にも立ち向かい、それを乗り越えなくてはいけない。

普通の人なら経験することはない——理解すらできないかもしれない心労にさいなまれ、悩み、悶え、苦しむことだってあるだろう。

王さまが普通の人には得られないものを持っているからといって、普通の人が当たり前に得ているものを持っているとは限らない。一人の時間や、自由な恋愛や、同じ学校に通った同年代の子供たち共通の思い出など——そういった当たり前だけど尊いものを持っていない可能性だってある。

民には民の、王には王の苦しみがあり、悩みがあり、痛みがあるんだ。絶対に。

ヒエラルキーの上位にいるからって、それだけで幸せなんてことはあり得ない。どれだけその姿が、下位の者の目に輝かしく見えようとも、だ。

僕は一つ息をつくと、天之宮さまに倣って月を見上げた。

「人とは違って、寿命がなくて、悠久の時を生きられて、奇跡を起こす能力を持っている。だけど今まで、太常は幸せだったのかなって思うんです」

その言葉に、天之宮さまが「ほ。ほ。ほ」と笑って僕を見た。

「太常どのが？　幸せだったかと？　面白いことを仰る」

「ええ、太常だけじゃありません。騰蛇も、天空も、四獣も、まだ会ったことのない六合や天后、大陰も。十二天将以外の神さまや道具たち――全員です。屋敷に封じられて千年以上、彼らに幸せはあったのでしょうか？」

以前、朱雀は、神さまにとって千年なんて大した時間じゃないと言っていた。

でも僕にとって、長いか短いかはあまり重要じゃない。長かろうと、短かろうと、その間彼らが幸せだったかどうかだ。

苦痛は、不幸は、ないに越したことはないんだ。期間が短いから、苦痛があってもいい、不幸であってもいいなんてことにはならない。

「安倍晴明が、彼らを不幸にしていたとは言いません。人のために、国のために生きたいと願っていた太常は、国のためになりふり構わず奔走していたこの千年は、幸せだったのかもしれない。朱雀は惚れた弱みだと言っていた。彼女もまた自分を不幸だと思ったことなんてないのかもしれない。だけど、螣蛇は……」

僕は奥歯を噛み締め、音を立てて盃を床に置いた。

「螣蛇だけは、確実に幸せではありませんでした！」

螣蛇は、最初から封じられることに抵抗していた。

間違いなく、彼の千年は不本意なものだった。

それじゃあ、嫌なんだ！

「天之宮さま！　僕は、彼らにも幸せになってほしいんです！」

この国を守るために、彼らを不幸にしなきゃいけないなんておかしい！

この国が彼らの犠牲の上に成り立つなんて、そんなことは絶対に許せない！

「この国を守ってくれる彼らを、僕は守りたい……！」

この国を守るという重責を担う彼らこそ、誰よりも幸せであってほしい！　いや、幸せであるべきなんだ！

「それが、僕の願いなんです……！」

「ほ。ほ。ほ。本当に阿部どのは面白い」

手酌で盃に酒を注ぎながら、天之宮さまがころころと笑う。

僕は苦笑して、薄紅色の雲海に視線を落とした。

「わかってますよ。大それたことを言ってるって。僕はなんの力もない、ちっぽけな人間でしかない。何をどうすればいいか、今のところ具体的な策はまったくありませんから」

「ふむ、策ですか」

天之宮さまがさらに笑って、僕の言葉を繰り返す。

「その言い方だと、ぼんやりとでも思い描いている理想はありそうですね。それを形にする具体的な手段がわからないというだけで」

「……！」

その言葉に、思わず天之宮さまを見る。

天之宮さまはまっすぐ僕の視線を受け止め、穏やかに目を細めた。

「それが、太常どのにはまだ言えないことですか？」

「……ご明察です。そんなにわかりやすいですか？　僕」

人とかかわらない神だから、人の心を推し量るのは不得手だって言ってたのに。

僕は小さく息をついて、銀色に輝く月を見上げた。

「まずは、何よりも騰蛇です。荒魂となり穢れてしまった彼をなんとかしたい」

「なんとか、とは……？　穢れを祓い、和魂に戻したいということですか？」

「そうですね。それには、彼の心が安らぐのを待つしかないのでしょうか？」

「ふむ」

天之宮さまが白く美しい指を唇に当てて、何やら考える。

そのまましばらく沈黙したあと、ふと僕に視線を戻して、優しく微笑んだ。

「太常どのや屋敷の神々にはできませんが、阿部どのならば取れる策が一つございますよ」

「っ……本当ですか⁉」

『そうですね。待つしかありませんね』と言われるものと思っていた僕は、予想外の言葉に目を丸くして、身を乗り出した。

いや、訊いといてお前……って思うかもしれないけど、本当に思ってもみなかったんだよ。何か手があるなら、とっくに太常がやってるはずだから。アイツが騰蛇を荒魂のまま封じるしかなかったってことは、それ以外に手がなかったからだって、そう考えるのが普通だろ？

「それはいったい……？　お、教えていただけませんか⁉　お願いします！」

慌てて天之宮さまにまっすぐ向き直って、姿勢を正して、頭を下げる。

そんな僕を見つめて、天之宮さまはまた「ほ。ほ。ほ」と笑った。

「簡単ですよ。騰蛇を阿部どのの式神にしてしまえばよろしい」

「は……？」

あまりに突拍子のない言葉に、一瞬何を言われたかわからなくてポカンとしてしまう。

「え……？　僕の、式神？」

「ええ。名を与えることによって、その魂を縛るのです。式神となったモノは、その契約上、主を害することができません。つまり騰蛇は、阿部どのにとって無害な存在となるのです。その瞬間、主の身を蝕む穢れは祓われ、その魂も安らぎます」

「それは……そうかもしれませんけど……。でも、十二天将は、普通の人間に扱えるような神じゃないって聞いてます……」

安倍晴明の血を受け継いだ子も、安倍一族の者も、当時第一線で活躍していた陰陽師たちも、誰一人として十二天将を従えることはできなかった。

だから、安倍晴明は継がせることを諦めて、阿部山のあの地に封じることにしたんだって、そう聞いてるんだけど？

「僕は、太常の力を借りなければ、あやかしを見ることすらできない人間です。霊力なんてカスみたいなものしかない……」

「ええ、わかっておりますよ。並みの者では騰蛇を従えることなどできないでしょう」

天之宮さまが髪を一本抜いて、ふっと息を吹きかける。その髪はたちまち手の平サイズの白く光る犬の姿となって、僕の膝に飛び乗った。

「それを捕まえておいてください。阿部どの」

「え？　あ、はい！」

両手で握ると、白く光る犬がものすごく嫌そうにジタバタともがく。

「わ、わ……！　わわわ……！」

なんかめちゃくちゃ嫌がってんだけど？　え？　可哀想可哀想。放してあげたい。駄目かな？　いや、でも捕まえておいてくださいって言われたしな。

白く光る犬を必死になだめて、なんとか大人しくさせようとしていると、天之宮さまがまた「ほ。ほ。ほ」と笑った。

「安倍晴明どのは、十二天将のほかにもたくさんの神やあやかしを使役しておりましたね。それは調伏（ちょうぶく）――その強大な力でもって抑えつけ、魂に枷をつけて、従えていたのです。それはたしかに、安倍晴明どのの類稀な霊力があってこそ。ほかの者には真似できません。このように」

天之宮さまが『おいで』とばかりに両手を差し出すと、白く光る犬が空気に身を溶かして僕の手をすり抜け、天之宮さまのもとに駆け寄る。

「あ……！」

「力がなければ逃げられてしまう」

天之宮さまはそう言うと、『よくできました』と白く光る犬を撫でた。

「いえ、逃げられるだけで済めば、むしろ御の字でしょうね。力もないのに神やあやかしに手を出せば、必ずしっぺ返しをくらいます」

僕は頷いた。

聞けば聞くほど、僕にできる芸当とは思えない。あんな小さな犬ですら、手もとに留めておけないんだから。

「ですがそれは、そもそも神やあやかし側に、人に従属する気がなかった場合のことです」

天之宮さまがそう言って、白く光る犬をポンポンと叩く。

すると犬はトコトコとこちらにやってきて、僕の膝に飛び乗った。

「神やあやかし側が、人とともに在ることを望んだ場合は？」

僕は息を呑んで、白く光る犬を両手で掬(すく)い上げるようにして持ち上げた。

犬は、今度はゆったりとくつろいだまま、いっさい逃げようとはしなかった。

「霊力で抑えつけ、枷をつけて、強制的に従わせる必要はない……？」

「そう、そのとおりです。阿部どの」

　天之宮さまがにっこり笑って頷く。

「これまで、あなたはそうして多くの者と絆を結んできたと聞いております。そこに一つ、契約を上乗せするだけのお話ですよ」

「……恋人同士から、婚姻届を出して夫婦になるみたいな感じですか？」

「まさに、そのとおりです。もとより力で抑えつけているわけではないため、ともにいる気がなくなれば、神のほうからすぐさま解消することができます。なぜなら、阿部どのには神を縛りつける力は微塵もないからです」

　神やあやかしのほうが望まなければ成立しない、式神契約。

　僕は呆然としたまま、手の上の白く光る犬を見つめた。

「そんなことが……可能なんですか……？」

　あのひどい穢れを祓い、和魂に戻して、ほかの神とともに過ごせるようにできるのか？

　本当に？　太常にもできなかったことが、こんな僕に？

「もちろん、普通の人間には無理です。しかし、あなたならば」

　白く光る犬が、僕を見上げて尻尾を振る。

　天之宮さまも大きく頷いて、僕の肩をそっと叩いた。

「神やあやかしたちと心を通わせることのできるあなたならば、きっと可能でしょう」

その言葉に、優しくて温かい手に、胸が熱く締めつけられる。

「っ……天之宮さま……」

「そうは言っても、神やあやかしを抑えつけ、縛りつけるための霊力は必要ありませんが、式神とする術式を行うためのものは必要ですから、そこは太常どのやほかの神々にお手伝いいただかねばなりませんが。一人では無理ですよ」

「う……」

僕は「デスヨネー……」と笑って、やれやれとため息をついた。にっこり笑顔でしっかり痛いところをど突いてきたな……。天之宮さま……。

嫌になるよな、本当に。僕は、みんながいてくれないと、何一つ満足にできないんだから。

「僕に安倍晴明ほどの力があったならって、今まで何度思ったことか……」

そしてこれからも、めちゃくちゃ思うんだろうな……。もうことあるごとに。

贅沢は言わないから、安倍晴明ほどじゃなくて、その十分の一でもいいから、今からでもなんとかならないのかって本気で思う。霊力って、誰を脅せば手に入る？ 教えて、偉い人。いや、神さま。

再度大きなため息をつくも、しかし天之宮さまはなぜかきょとんとして小首を傾げた。

「力なら、ございますでしょう？」

「え……？」

その言葉に、僕もまたきょとんとして天之宮さまを見た。

え？　何言ってるの？　力なんてないでしょうよ。今、術式を行うための霊力もないから、一人では無理だって天之宮さまだって言ってたじゃないか。忘れちゃったの？

「いや、ええと……？」

「安倍晴明どのほどの『力』なら、もうすでに持っていらっしゃいますよ。それが霊力ではないだけです」

「霊力ではない、『力』……？」

わけがわからず眉を寄せる僕に、天之宮さまは頷いて、その白い手をさっと横に振った。下がれという意味の動作で、白く光る犬が空気に身を溶かして消えた。

「神やあやかしの間の噂話は速うございます。それはもうご存じですね？」

「え……？　あ、はい。そうですね。僕がしたことは大体すぐに広まります」

屋敷が次の主を迎えたってこともすぐに広まって、東京に帰る道すがらも、帰ってからも、あちこちであやかしに『主さま』って声をかけられたもんな。いや、お前らの主じゃないし。

ぬらりひょんの一件はもっとひどくて、翌日から頼みごとを持ってくるあやかしの行列ができたからな。龍神の一件のあとは、もっと増えた。

ネットもないのに、どうしたらああも素早く伝わるのか、本当に不思議だ。

まだ岡山だけならわからないでもないんだけど、マジで日本全国に伝わるからな。

「我も、あなたのことはよく存じております」

そう言われて、ようやく気づく。あ、僕、自己紹介してない。それどころか今に至るまで、何一つとして説明してない。

それでも、話がすべて通じていた。ということは――。

「今回のことも、全部ご存じなんですね」

「ええ。神の世界は変化に乏(とぼ)しいですから。何かあればすぐに伝わるのですよ」

天之宮さまが頷いて、唇の笑みを消す。

「我も、太常どのと同じ意見ですよ。螣蛇の一件を聞いて、我は震えました。あなたは怖い。心を暴き、その内に入り込むその『力』は、我ら相手にはとても恐ろしい武器です」

「っ……！」

ゾッとするほど美しい白金の双眸が、まっすぐ僕を射貫く。

僕は息を呑んで――ふるふると首を横に振った。

「太常や天之宮さまの言葉を疑うわけじゃありません。でも、やっぱり僕には特別なことをしている感覚はありません。ただ愚直に向き合っているだけなんで……」

「そうなのですか？」

「だって、本当に特別なことはしてないんです。難しいことも。出逢いを大切にしてるだけ。そして出逢った相手を、その関係を、大事にしてるだけです。それは普通のことでしょう？誰もがすることだと思うんですが……」

「そうでしょうか？」

天之宮さまが僕をひたと見据えたまま、再度首を傾げる。

「それは、相手が同じ人である場合に限るのでは？」

「っ……それは……」

「車の中に頭だけで現れたバケモノとの出逢いを大切にしたいだなんて、多くの人は考えもしないのではないですか？」

――ぬらりひょんのことか。そんなことやってたな、たしかに。

あの時のぬらりひょんと仲良くしたいと思う人は、あまりいないかもしれない。

いや、でも僕だって、あの時のぬらりひょんとは別に仲良くしたくないな。頼まれごとがなかったとしたら、呑みに誘われても行ってな――……いや、行ったかもな。嘘ついたわ。ゴメン、行ってるわ。頭だけになって移動したり、漁師を驚かせたりして遊ぶジジイとか、話したら絶対面白いもん。

「異形相手にも臆さず、偏見を持たない。神相手にも媚びず、邪な欲望を抱くことがない。ただまっすぐに、人と同じように接する――。あなたは、間違いなく非凡ですよ」

「たしかに、多少は普通じゃないところもあるかもしれませんけど……。でも見える人なら、異形だからってだけで怖がったり、排除しようとしたり、神さまだからってだけで遜ったり、利用しようとしたりしないんじゃないですか？」

「それはどうでしょうか……」

「それに、天之宮さまも太常も、安倍晴明がその力を持ってなかったみたいに言いますけど、十二天将からも、ほかの神さまやあやかしたちからも、慕われていましたよ？」

「もちろん、浅からぬ絆はあると思いますよ。しかし、忘れてはいけません。それは彼らが、安倍晴明どのの式神となったあとに育まれたものです」

その意味深な言葉に、僕は思わず天之宮さまを見つめた。

「式神になったあと……ですか？」

え？　先かあとかって関係あるか？

発言の意図をつかみかねたまま、僕を首を捻った。

「えっと、すみません……。よくわからないんですが、先かあとかで何か違うんですか？　だって僕も、すべては屋敷の『主』にさせられてからですし……」

屋敷の神さまや道具たち、幽世に棲むあやかしたちや、現世で生きているあやかしたちとかかわり出したのは、太常に『主』にさせられてからだ。

ポカンとしていると、天之宮さまが「ほ。ほ。ほ」と笑った。

「彼らはあなたを『主』と呼んではおりますが、実際、あなたは屋敷がある土地の持ち主に過ぎません。彼らと直接契約をしたわけではない、間接的な主です」

僕は頷いた。そのとおり。僕が持っているものは、あの一坪の土地の権利だけだ。ほかに確かなものは何もない。

太常に、主にさせられた。そして、屋敷の神さまや道具たちが、主と認めてくれた。

だから僕は、あの屋敷の主をやっていられる。

太常が僕をないがしろにしたら、屋敷の神さまや道具たちが否定し、踏みつけにしたら、その瞬間に僕は主ではいられなくなってしまう。そんな不確かな存在だ。

だから、あの時――僕は太常を殴ったんだ。

「それがどういうことか、あなたはまだよくわかっていない」

天之宮さまが静かに言って、僕の顔を覗き込む。

白金の双眸が、不穏に煌めいた。

「彼らは、あなたの式神ではない。つまり、あなたを害することができるのです」

「っ……！」

僕はぎゅっと拳を握り締め、天之宮さまを見つめた。

「あ……。式神は主を傷つけることはできないって……さっき……」

「ええ、直接契約していない。つまり、彼らは、従いたくないと思ったらいつでもあなたを排除することができるのです」

「排除……」

「ええ、今回だって、穢れを受け続ければ、そうなってもおかしくありませんでしたよ？」

天之宮さまが笑いごとじゃないことを言いながら、見惚れるほど綺麗な笑顔を浮かべる。

「ただ土地の持ち主がいなくなってしまうのは、彼らにとっても、そしてこの国にとっても、具合が悪い。さらに、ただの土地の持ち主より、主というもっと近しい存在でいてくれたほうが、力を発揮するのには都合がいい。大半の神は、そう思ってあなたを受け入れたのでしょう。はじめは」

「はじめは」

「今は、そんな打算が頭にある神はほとんどいないでしょう。ちゃんと、あなたを主として認めている。少なくとも我はそう思いますよ」

天之宮さまが、薄紅色の雲海を見下ろして、うっとりと目を細める。

二の丸からは、相変わらず「主さま！」「主さま！」という声が聞こえている。

「あなたを慕う声です。なんと心地よいのでしょう」

天之宮さまは「ほ。ほ。ほ」と笑うと、身を乗り出して僕の喉もとに指を突きつけた。

「よいですか？　阿部どの。彼らはあの屋敷に囚われてはおりますが、主にかんしては選ぶ余地があったのです。それを忘れてはいけません」

その白く美しい指がすぅっと下がって、僕の心臓を軽く突く。

「牙を抜かれ、爪を切られ、逆らえば死ぬと教え込まれた決して主を傷つけない従順な犬と仲良くなるのは簡単ですよ。安倍晴明どのがやったことはそれです。彼が情を交わしたのは、すでに調伏された神なのですから」

「っ……それは……」

「鋭い牙と爪、大きく強靭な体躯を持ち、いつでも喉笛を食い破るつもりでいる凶暴な熊と仲良くなるのとはわけが違います。あなたがやっていることはこれです。屋敷の者たちも、子狐も、ぬらりひょんも、龍神も、騰蛇も、簡単にあなたを殺すことができたのですから」

そして、心臓の上に指を置いたまま、さらに僕に身を寄せて、低く笑った。

「むろん、我もですよ」

「っ……天之宮さま……」

ゾクリと冷たいものが背中を走り抜ける。

僕は思わず身を震わせて——だけど腹に力を込めて、天之宮さまの視線を受け止めた。

今のは、『できる』『する』ってだけの話だ。『する』ってことじゃない。彼らは——天之宮さまも、『できる』けど『しない』でいてくれたんだ。そして、僕と言葉を——心を交わしてくれた。

それを信じないでどうする。

視線をそらさない僕に、天之宮さまが「ほ。ほ。ほ」と笑って、身を引いた。

「そう考えると、先かあとかは大きな問題でしょう?」

「……はい……」

「神やあやかし側から考えれば、その差はもっと大きいですよ。力で抑えつけ、牙を抜き、爪を切り、魂を縛って絶対に逆らえないようにしてから、仲よくしようとした主へと」

天之宮さまが、自身の盃に酒を注ぐ。

「牙も爪も力も何もかもそのままで、そのうえ自らの危険を顧みることなくテリトリーまでやってきて、仲良くなろうと笑顔で手を差し出した主へと」

続いて、僕の盃にもなみなみと。

そして、盃を掲げて、にっこりと笑った。

「彼らが抱く想いが同じだとでも思いますか？」

「天之宮さま……」

「少なくとも我は違いますよ」

「……………」

それは、僕も違うと思う。

僕を力で抑えつけることなく、僕から何も奪うこともなく、ただ僕のところまで来て、仲良くなろうと笑顔で手を差し伸べてくれたら——僕ならすごく嬉しい。

僕を力で抑えつけ、僕から武器をすべて奪って、絶対に逆らえないようにしたうえで、仲良くなりたいと言う人よりも、大切にしたいって思う。

太常が——そして、さまざまな神さまやあやかしたちが指摘した僕の特異性を、ようやく理解する。

ああ、そうか……！　これこそが、僕の『力』……！　僕の『武器』なんだ……！

「あなたは決して安倍晴明どのの代わりではない。誰も、安倍晴明どのであったならなどと思ってもいないでしょう。もっと自信を持ってください」

「天之宮さま……」

「そして、あなたを主と慕うものの想いを、もっと信じてあげてください」

酒を、まるで水のように飲み干して、盃を置く。

そして、白魚のように美しい手を伸ばして、僕の頬を包み込んだ。

「あなたは安倍晴明どのに劣らぬ、立派な主ですよ」

「っ……はい……！」

僕は、天之宮さまをまっすぐ見つめたまま、頷いた。

ああ、そうだ。安倍晴明のような力もないと、劣等感を抱いていたってはじまらない。

僕が抱いたのは、安倍晴明とは違う願いだ。

その願いを叶えるために振るう力も、安倍晴明と違って当然だ。

比べる必要なんてない。そもそも目指すものが――戦うフィールドが違うんだから。

僕は、僕だけの力を磨けばいい。

僕の願いを叶えるために！

「っ……天之宮さま……！」

僕は素早く正座をして、床に手をついた。

「天之宮さま、あの屋敷はなくてはなりませんか？」

「はい？」

天之宮さまが盃を傾けながら、驚いたように目を丸くする。

「なくてはならないか、とは？」

「あの屋敷がなくなったら、本当にこの国は滅んでしまうんですか？」

僕は、そう聞いている。

あの屋敷は、この国の守護の要なのだと。

あの屋敷がなくなってしまったら、この国は沈むのだと。

「この国には、あなたをはじめとする八百万の神がいるのに？」

そりゃ、十二天将は大陸の流れを汲む神だ。日本の神さまとは違う。あの屋敷の神さまは、日本の神さまではないものが多数だ。

それでも、あの屋敷の神さまや道具たち——合わせて千弱にできることが、日本の神にはできないのか？　八百万もいるのに？

「そんなことないでしょう？　ないのはノウハウのほうなんじゃないですか？」

八百万の神が力を合わせて何かを成す——そのシステムがないだけなんじゃないのか？

「たとえば、安倍晴明が遺した術式と八百万の神さまの力とさまざまな道具を組み合わせて、国を守るためのシステムさえ構築してしまえば、あの屋敷がなくてもこの国を守れるんじゃないですか？」

「ほ。ほ。ほ。あの屋敷をなくしてしまいたいと思ってらっしゃるように聞こえますね」

天之宮さまが、面白そうに声を立てて笑う。

僕は頷いた。

「はい、そのとおりです。僕は、あの屋敷をなくしたい」

これこそ、太常にはまだ言えない――僕の『願い』だ。

言えないけれど――でも文句を言われる筋合いはないとも思ってる。所有している土地にある建物を潰すのだって、大家の権限なんだから。

「僕は、彼らを解放したい！　あの屋敷から出してやりたいんです！」

僕を主と慕ってくれる彼らを、幸せにしたいんだ！

そのために――！

僕は手をそろえて、深々と頭を下げた。

「天之宮さま！　どうか、僕に知恵を貸していただけませんか⁉」

なんの因果で人が愛し

1

「僕……このままここにいたら駄目になりそう……」

畳の上にだら～っと伸びたままポツリと呟くと、傍に控えていた太常が眉を寄せた。

「湯治の意味がわかってらっしゃいますか？　主さま。駄目になられては困るのですが」

「いや、わかってるわかってる。体調は整えてるよ」

むしろ、それ以外のことをまったくしてないから、人として駄目になっていってる気がするんだよな。

だってこの一週間で僕がしたことって、岡山と津山の美味いもん食って、寝て、津山城や季節関係なく咲き誇る花々、現世の津山の景色、神さまや道具たちの話を肴（スイーツ）に酒を呑んで、寝て、温泉に入って、寝て、あちこちから届く貢ぎものをたらふく食って、屋敷の神さまや道具たちと一緒に津山城や城下を散策したり、体操したりして身体を動かして、温泉に入って、寝て、そうしてまた岡山と津山の美味いもん食って、寝て――いや、もう、マジでこれ人として駄目になるヤツ。

しかも、貢ぎものがまたすごいんだよな！　河童――ええと、ごんごたちからは夏限定の津山ロールが届いたし、SNSで話題の蓋が閉まらないほど大きいパンケーキとか、津山で人気の洋菓子店のケーキやスイーツたち、老舗（しにせ）和菓子店の菓子も。岡山の名産のフルーツに、そのフルーツを使ったスイーツも届く届く。清水白桃も、足守メロンも、マスカット・オブ・アレキサンドリアも、この一週間でいくつ食ったことか！　今日も昼前にすでに清水白桃缶詰を七缶も食った！　最高！

「お前も青龍も作業しろってガミガミ言わないし、マジ天国……」

「まずは屋敷の修復をしませんと、作業もできませんしね。今は、英気を養う時ですから」

太常は「ごゆるりとお休みください」と言って、にっこりと笑った。

「その分、屋敷の修復が終わり次第しっかりと働いていただきますよ。きっと、やりがいもあることでしょう」

「ん？　やりがい？」

「ええ。主さまが今までなさってきた作業は、ほぼすべて無駄になりましたから」

「は……？」

ん？　待てよ？　なんか今、ものすごいこと言った気がするんだけど。

僕はパチパチと目を瞬（しばたた）いて、むくりと起き上がった。

「た、太常……？　確認してもいいか？　今、なんて言った？」

「主さまが今までなさってきた作業は、ほぼすべて無駄になりました」

僕が今までやってきた作業が、ほぼすべて無駄になりましただぁ⁉

信じられない言葉に、唖然とする。

いや、なんでそんなとんでもないことを、そんなすこぶる笑顔で言うんだよ。お前！

「ちょ、ちょっと待て！　どういうことだよ⁉」

「どういうことも何も……主さまが今までなさってきた作業の大半は道具たちの整理とその目録作りですから、それはほぼ無駄になりましたでしょう？」

太常が何を言ってるんだとばかりに首を傾（かし）げる。僕からしたらお前こそ何を言ってるんだって感じだけど。

「いや、だからなんで！」

「騰蛇の暴走でまた多くの道具が行方知れずになったり、失われたりしたからですが？」

その言葉に、思わず両手で顔を覆って天井を仰ぐ。

ああ、そうか……！　そうだった！

「たしかに、回収できなかった道具もあるって言ってた……！」

「はい。なので、一からやり直しです」

「……泣いていい？」

太常と青龍がうるせぇから、就職活動をあと回しにしてまで頑張ってたのに！

「構いませんが、わたくしに慰めは期待しないでくださいね」

思いっきりへこむ僕に、しかし太常は相変わらずニコニコ笑顔で薄情だ。

僕はため息をついて、ジトッと太常をにらみつけた。

「なんでだよ？　僕が可哀想じゃないのか？」

「主さまが不憫なのは、今にはじまったことではございませんので」

は？　何言ってんだよ。

「だったらなおさら、お前は僕を慰めることぐらいできるようになるべきだと思う」

「はい？　わたくしになんてものを求めるのですか。正気ですか？」

「なんで、慰めを求めて正気を疑われなきゃいけないんだよ！」

おかしいのは、人を慰めるスキルを持ってないお前のほうだろうが！　生きていくうえで、

それってわりと必須だぞ！

思わずにらみつけた――その時。遠くで「阿部どの～！」と声がする。

柔らかくて、優しくて、歌うように弾むその声は、天之宮さまだ。

「あ、はい！　ここです！」

素早く座り直して返事をすると、それに応えるかのようにサッと襖が開く。

そして天之宮さまは、まるでふわりと舞うような——体重をまったく感じさせない動きで僕の前までやってくると、手にしていた紙袋を掲げてにっこりと笑った。

「ぬらりひょんどのからの差し入れですよ～！　桃の女王さまです～！」

「えっ⁉」

桃の女王さまって、まさか⁉

反射的に腰を浮かせた瞬間、僕の横で太常がため息をついた。

「天之宮さま……。あまり主さまに餌を与えないでください……」

「え……？」

天之宮さまがピクリと身を震わせ、太常を見る。

明るく、朗らかで、柔らかく、花が咲いたように華やかで、輝かんばかりに美しい笑顔が一気に萎む。

「も、申し訳ありません……。阿部どのとともに甘味を食べるのがとても楽しいもので……つい……」

しゅんとしてしまった天之宮さまに、僕は思わず太常をど突いた。

「おい！　天之宮さまになんて顔させてんだ！」

「はい？　わたくしが悪いのですか？」

「今のは、どう考えたってお前が悪いだろ。僕からスイーツを取り上げるな。何度も何度もそう言ってるのに、性懲りもなくやろうとしたんだからな！」

僕はそう言って立ち上がると、天之宮さまの白魚のような手を両手で包み込んだ。

「大丈夫です！　僕も、天之宮さまとスイーツを食べる時間が好きです！　楽しいです！　最高です！」

「阿部どの……」

「だから、そんな顔しないでください！　一緒に食べましょう！　ねっ？」

白金の瞳を覗き込んで熱心に言うと、天之宮さまがぱぁっと顔を輝かせる。

そして、ひどく嬉しそうにふにゃっと破顔した。

「ああ、よかったです〜！」

「っ……」

くっそ！　なんだこの神さま。可愛いな！

「主さま……」

「黙れ」

太常の呆れ声には、笑顔のままぴしゃりと言ってやる。

だいたい、湯治中の人間に餌を与えるなとかあり得ないだろ。湯治をなんだと思ってんだ。お前。

「阿部どの。阿部どの。あの桃の女王さまなんですよ」

「はい、聞いてました。桃の女王さまってことは、もしかして……！」

天之宮さまが差し出した紙袋の中を覗くと、水引がかかった桐箱が三つ。

上品なパッケージに書かれた文字を見て、僕は身を震わせた。

「ぬらりひょん！　いいやつっ！」

最高だ！　また呑みに行こうなっ！

「これ！　食べたかったんですよ～！」

『岡山の白桃を世界に届けたい』という想いから、三年もの月日をかけて、まったく新しい桃の加工技術を開発することで生まれた商品。

桃をシロップに漬けるという点では缶詰と変わらないんだけど、これは皮も種もそのまま丸ごと漬けるんだ。加熱処理も従来の桃の缶詰とはまったく違うから、果てしなく生の味や食感を楽しむことができる。

ＳＮＳで話題になってからずっと食べたかったんだよ。でも、僕のお財布事情的に、自分用に買うにはちょっと躊躇う値段だったのもあって、まだ食べられてなかったんだ。

「清水白桃に白桃、赤桃、黄桃……！　やった！　めちゃくちゃ嬉しい！　天之宮さま！　いっぱいあるんで、もちろんそのままも楽しみますけど、カクテルにもしましょうねっ！」

「はい……！」

天之宮さまが花のような笑顔で頷く。

「女子会には、華も入れてあげてくださいね」

太常がそう言って、何度目かのため息をつく。どうやら、ようやくいろいろ諦めたらしい。

「誰が女子だよ。もちろんそうするつもりだけど……」

僕は紙袋を受け取りながら、小さく肩をすくめた。

「華、ここに来た次の日からずっと様子がおかしいんだよ。ご機嫌ナナメっていうか……」

「おや、何かしたのですか？」

「いや、まったく心当たりはない」

ここに来た日といえば、吉井川沿いでごんごたちの喧嘩を見学して、天之宮さまが現れて、津山城に招待してくださって、屋敷の神さまや道具たちも移動して、みんなで大宴会をして、僕は天之宮さまと天守でこれからの話をして終わった。その間、華はまったく出てきてない。

鞄の中でずっと寝てたんだ。

「それで、どうやって『何か』をしろって？」

「まぁ、そうですね……」

「呼べば必ず来てくれるし、スイーツも一緒に食べてくれるんだけど、話してはくれない。僕だって何度も訊いたさ。『何かしたか？』って。心当たりはないけど、僕が気づいてないだけかもしれないから。でも、何も言ってくれない。ムスッとしたまま隠れちゃうんだ」

「意外ですね……。あの華が……」

太常が困惑した様子で眉を寄せる。

難しい顔をしている僕らを見て、天之宮さまもこてんと首を傾げた。

「阿部どのでも、推し量れない気持ちがあるのですね」

「え？　そりゃ、僕は普通の人間ですから。透視能力みたいな便利なものは持ってないので、向き合ってくれない、話してくれない相手の心を見透かすことはできませんよ」

でも、もうそんな状態が一週間も続いてるしな。そろそろ腹割って話さないと。

小さくため息をついた時、ドスドスと近づいてくる足音が聞こえる。

それに誘われるように顔を上げると、襖の向こうから呼びかける声が響く。

「主～！　太常～！　来たぞ！」

「っ……！」

僕と太常は息を呑んで、顔を見合わせた。

やっと来た……！　この一週間、それを待ってたんだ！

「入ってください！」

太常も少し興奮した様子で叫ぶ。

スラリと襖が開いて、薄汚れた桐箱を二つ持った白虎が中に入ってくる。

そして、その桐箱を僕らの前に置くと、ニィッと唇の端を持ち上げた。

「やーっと見つけたぜ。すげー苦労したから、褒めてくれよな」

そう言って、桐箱の蓋を開ける。

「ほれ、ご所望のもんだ」

そこには、折れて焼け焦げた刀剣が静かに横たわっていた。

2

「これは！　阿部のあたりの主ではないか！」

鬼ノ城、西門――。

あたりにビリビリと響いた大声に、僕は身を弾かせた。

相変わらず、ボリュームが完全に馬鹿。

華やかな小袿を纏った、ひどく大柄な女性。驚くほど癖のある長い髪は、輝かんばかりの真白。零れ落ちそうなほど大きくて印象的な双眸は、燃えさかる炎のように情熱的な緋色。濡れた紅い唇からは鋭い牙が覗いている。そして——その額には二本の大きな角。

「や、やぁ。茨木童子」

くわんくわんいってる耳を押さえて、なんとか笑う。

「このようなところまで御足労いただいてしまうとは！　阿部のあたりの主におかれては、少し前にひどく身を蝕まれたと伝え聞いている！　連絡をくだされば、こちらからお迎えに上がりましたものを！」

「いや、それが嫌だから、自分で来たんだよ」

あの横に高速移動しつつの連続フリーフォールは、もう二度と経験してたまるか。

「話があって来たんだ。よければ、中に入れてほしい」

「話、ですと？」

茨木童子が意外そうな顔をして、僕の後ろで『鴨方さん』をしている太常を見る。

「十二天将の御方と一緒に、鬼に——我なぞに？」

「そう。大事なことなんだ」

「――承知した」

茨木童子が頷き、深く息を吸って、その大きな手を打ち鳴らす。

まるで太鼓を叩いたかのような音が響き渡ると同時に、あたりの景色が一変した。

鬼ノ城のかつての姿――幽世の鬼ノ城だ。

山肌をはちまき状に巡る堅牢な城壁に、遠くまで見渡せる見張り台つきの屈強な城門。

高い烽火台に大きな馬宿、石造りの武器庫、武器を修復――生産するための鍛冶場。

「――うん、やっぱりあった」

「そのようですね」

太常がもとの姿に戻り、扇で口もとを隠してそっと息をつく。

「なるほど。これならいけるかもしれませんね」

「だろ？」

頷き合っていると、茨木童子が「では、御館へ！」と言って、先を歩き出す。

そのあとについていて、食品貯蔵庫と思われる石造りの大きな倉や溜井を横目に奥へと進む。

敷地の中央には広場、その先には兵舎や働く人々――いや、鬼々。その住まいなのだろう、
高床式の小屋がいくつも並んでいる。

さらに歩いてゆくと、木々に囲まれた立派な御館が。

力強い柱に支えられた切妻屋根に、雄々しくそびえる千木。階の両端には篝火が焚かれ、ひどく神さびた雰囲気を醸し出している。何回見ても、雄々しく美しいな。

「さぁさぁ、御館の中へ」

言われるまま中に入り、前にも通された大広間に進む。

相変わらずよく磨き込まれた美しい板敷きの間。柱や壁にはいくつも灯火皿がかけられ、炎がゆったりと揺らめいている。

上座には、日本古来の伝統模様の縁飾りが美しい置き畳と掖月が。翡翠の香炉からは、やはりエキゾチックないい香りが漂っていた。

置き畳に胡坐をかくと、脇に太常が控え、僕の対面——下座に茨木童子が腰を下ろした。

「すぐに茶を用意いたします！」

「え？　ああ、ありがとう」

お構いなく。

「さっそくで悪いんだけど……」

そう切り出すと、茨木童子が「はい！　伺いましょう！」と身構える。

僕は頷いて、茨木童子をまっすぐ見つめて、身を乗り出した。

「ここ——鬼ノ城には、温羅の優れた製鉄技術が伝わってるんじゃないかと思うんだけど」

伝承では、温羅は異国から飛来して吉備(きび)に至り、優(すぐ)れた製鉄技術をもたらし、それにより鬼ノ城を拠点として一帯を支配した。

つまり温羅は、製鉄技術をもたらして吉備を繁栄させることで大きな権力を手にした――鉄文化を象徴するものとする見方がある。

吉備は『真金(まかね)吹く吉備』という言葉にもあるように、古(いにしえ)から鉄の産地として知られており、温羅の妻であり巫女(みこ)である阿曽媛(あそひめ)の出身地である阿曽郷(あそのごう)――今の鬼ノ城東麓には製鉄遺跡も多数見つかっている。さらに鬼ノ城から流れる血吸川(ちすいがわ)には、吉備津彦命(きびつひこのみこと)が放った矢で左目を撃ち抜かれた温羅の血で真っ赤に染まったという伝説があるんだけど、一説によるとそれは鉄分によるものではないかとも言われている。

まぁ、人の世に伝わってる伝承だから間違いも多い。それでも以前ここに来た際に、僕は鍛冶場と、そこに出入りする鍛冶師の姿を見ていた。

現世にもめったに出ず、悪さも一切せず、ひっそりと静かに暮らしていると言いながら、ガンガン武器を作ってる様子だったのが疑問だった。茨木童子の『余生を愛したモノとともに慎ましやかに暮らしたい』という言葉には一切の嘘はないように見えたからこそ、そこがちぐはぐで僕の中で噛み合わなかった。

なぜ、使いもしない武器を作る必要がある――？

でも、僕を騙すつもりなら、そもそも現役で使われている鍛冶場や、働く鍛冶師、立派な武器庫を見せたりはしないんじゃないか。

それで、目的が違うんじゃないかって思った。

武器が欲しいからではなく、製鉄技術を廃（すた）れさせないために――後世に伝えてゆくために作っているんじゃないかって。

「は！　たしかにここには、特別な製鉄法が伝わっております！」

茨木童子が大きく頷いて、僕の考えを肯定する。

「口伝として残っているだけじゃない、すぐにでも使える技術としてある。そうだよな？」

炉もいつでも使える状態だし、鍛冶師は日々その腕を磨き、後継の育成も怠（おこた）っていない。

そうだ。だから僕にも平気で見せた。何もやましいことなどなかったから。

「は！　そのとおりでございます！」

茨木童子が再び頷く。僕は傍らの太常を見た。

「太常……！」

「ええ、主さま……。茨木童子どの、その武器を見せていただきたい」

太常が身を乗り出すようにして、茨木童子に言う。

「は……。武器をでございまするか？」

「ええ。過去のものではなく、今作れる最高のものを」

茨木童子は一瞬不思議そうな顔をしたものの、すぐに頭を下げた。

「は！　御前、失礼つかまつる！」

広間の壁が揺れるほどの大声で叫んで、そのままドタバタと広間を出て行った。

「今回はお前がいるからか、言葉遣いも態度も固いし、前にも増して音量が馬鹿だな……。耳がおかしくなりそうだ……」

もしかして耳栓でもしたら、ちょうどいい音量になるんじゃないか？　なんか詰めるか。

耳を押さえてため息をついていると、太常がパチンと扇を閉じて目を細めた。

「主さまの言ったとおりでございましたね」

「そうだな。あとは、それが使えるかどうか」

「交渉は主さまにお任せしたほうがよろしいでしょうね」

「そうだな、そうしてくれ。助けが必要なときは言うから」

頷いたところで、ドタドタと騒がしい足音が戻ってくる。足音までうるさいな。茨木童子。

やれやれと肩をすくめていると、茨木童子がドタバタと慌ただしく僕の前までやって来て、金の蒔絵(まきえ)が美しい刀箱を恭(うやうや)しく差し出した。

「十年前に、儀式のために打ち上げた宝刀にございます！」

「太常」

「はい」

太常が僕の代わりにそれを受け取り、中身を確かめる。

「っ……！」

それは、なんとも美しい飾り太刀だった。

紋章のようなものが施された美しい螺鈿梨地蒔絵鞘に、金の精緻な細工の柄や足金物には血のように赤い宝石が贅沢にあしらわれている。抜くと、梨子地肌の地鉄に緩やかにうねる乱れ刃の刃文が、ゾクリとするほど冷たい光を放った。

太常はそれを目の前に掲げると、ほうっと感嘆の息をついた。

「なんて素晴らしい……！　これほどの力を秘めた刀を作る技術がまだあろうとは……！」

「恐れ入る！」

「この宝刀を打った鍛冶師は現役ですね？」

「は！　間違いなく！」

太常は茨木童子の答えに頷き、刀を鞘に戻すと、ニヤリと口角を上げた。

「主さま、間違いなくいけます！」

「よし！」

僕はパンと膝を叩いて、身を乗り出した。

「茨木童子、頼みたいことがある！　三公闘戦剣と日月護身剣って知ってるか？」

「もちろん、大刀契でございますな！」

大刀契とは、かつて日本の皇位継承において、歴代天皇に相伝されていた宝物の一つだ。三種の神器に次ぐ宝器とされていたんだけど、今は残念ながら失われてしまっている。

霊剣二振りと節刀数口、数種の霊符の類からなるもので、この霊剣二振りが三公闘戦剣と日月護身剣だ。

二振りとも、九六〇年に一度焼失、その翌年に安倍晴明が焼けた刀をもとに木形を作り、備前の国——岡山県でそれをもとに剣を鋳造。その剣に安倍晴明が祭祀を執り行って霊威を込めることで、新たな三公闘戦剣と日月護身剣を生み出した。ただ、それもいろいろあって結局失われてしまう。

そのオリジナル——九六〇年に焼けたそれが、あの屋敷にはある。

焼けて折れてしまったとはいえ、それでもすさまじい霊力はほとんど失われなかったため、安倍晴明が大事に保管。そして死の間際に、国を守る道具の一つとして遺したんだ。

「それを使って、呪具を作ってほしい」

「呪具、ですか？」

「そうだ。僕は、螣蛇を僕の式神にしようと考えている」

予想だにしなかった言葉なのだろう。茨木童子が「はっ⁉」と叫んで絶句する。

うんうん、わかるわかる。僕自身、天之宮さまから提案された時はポカーンとしたからな。

翌日に太常や四獣に話したんだけど、やっぱりみんな同じ反応をしてたし。

「し、しかし、阿部のあたりの主は……その……」

茨木童子が視線を彷徨わせながら、なんだかモゴモゴと言う。

いいんだぞ？　青龍みたく『主は阿呆なのですか⁉』って言っても。

「カスみたいな霊力しか持ってないのに、何言ってんだよって？」

「いや！　その、ええと……」

茨木童子がアタフタと首を横に振る。……いいやつだなぁ、お前。玄武なんか思いっきり顔をしかめて、『は？　そんなゴミみたいな霊力して何言ってんの？　脳まで螣蛇の穢れにやられたの？』なんて言いやがったんだぞ。さらに白虎も、ものすごく可哀想なものを見る目をして、『この際、馬鹿もきちんと治そうな……』なんて鼻をすすりやがって！　ああ！

今思い出しても腹立つっ！

「帰ったら、もう一発ずつ殴ろ……」

「……主さま、思い出し怒りしていないで、話を進めてください」

はいはい。

「そのとおり、僕の霊力はカスみたいなもんだ。だから、強力な呪具が必要なんだよ」

僕は気を取り直して、茨木童子を見つめた。

「強力な力を持つ呪具を作り、それに十二天将が加護を与え、術式を組み込む。そのうえで騰蛇が僕の式神となることを承諾し、望んでくれて、はじめて成せることだ」

「その呪具を、我らにと?」

「そのとおり。現世には、すさまじい霊力を持つ金属を扱える者はもういないんだよ。いや、神さまやあやかしの世界にもそうはいないって聞いた」

その時に、ここ鬼ノ城で見たものを思い出した。

そして、鬼ノ城の鬼たちにならできるかもしれないと思ったんだ。

僕の話を聞いて、茨木童子が難しい顔をして腕組みをする。

「……阿部のあたりの主の願いを叶えるのは、我とてやぶさかではない。しかし、騰蛇との式神契約に使う呪具、しかも、伝説の――大刀契の霊剣を使うという。それは、あまりに難しい注文と言わざるを得ん……」

「そう思うよ。僕も、簡単にできるなんて思ってない」

相手は、安倍晴明ほどの強大な霊力を持つ人物でやっと扱えるくらいの強大な神だ。

そんな神を、霊力はゴミカスの僕がなんとかしようっていうんだから。普通に考えても、並みの呪具で成せることじゃない。

だけど、強力な呪具は、単純に強力な材料を使って作ればいいってことでもない。強力な材料は、得てしてその力に比例して扱いが難しいものだからだ。

今回は、その材料が大刀契の霊剣という伝説級の代物だ。並みの技術では溶かすことすら難しいだろう。

おそらくだけど、だから安倍晴明は霊剣を作り直す際に、このオリジナルを使うことなく、新たに一から剣を作って、大刀契を担うに相応しい霊力を込めるやり方を選んだんだと思う。このオリジナルを使って、剣を作り直せるだけの力と技術を持つ者がいなかったから。

それに、失敗した時のリスクも考えると、容易に『やります！』とは言えないだろう。

術式が呪具の性能が足りなかったせいで失敗したら？　それで僕の身に何かあったら？茨木童子は責任が持てない。今回のように、少ししたら回復するような怪我や体調不良ならいいけれど、もしもその命が失われてしまったりしたら？　十二天将をはじめとする屋敷の神さまや道具たち、僕を慕う神さまやあやかしたちからどんな報復を受けるかわからない。

「…………」

僕は一つ息をつくと、悩んでいる茨木童子をまっすぐに見つめた。

僕には霊力がほとんどない。僕の力はまったく別のものだ。当然、安倍晴明と同じことはできない。だから祈るんだ。願い、頼り、縋る。神さまに。僕とともにいてくれる者たちに。そうして生きてゆくと決めた。

それはもちろん、依存するということじゃない。神さまや道具たちを利用するということでもない。基本的には、無茶なお願いをするつもりはない。

本来ならこれはその『無茶なお願い』に入る部類だろう。これほどのリスクを背負わせてしまうのは申し訳ない。

でも、ゴメン。茨木童子。これだけは引けないんだ。

僕の『願い』のためにもだ！

僕は大きく息を吸うと、茨木童子を見据えたまま身を乗り出した。

「もちろん、それなりの報酬を用意させてもらう」

「は？　報酬、ですか？　いや、しかし……」

「ほしいだろう？　酒呑童子（しゅてんどうじ）の首」

「ッ！」

茨木童子が大きく目を見開き、息を呑む。そのまま音を立てて立ち上がった。

「我が主の……首を……？」

「太常に確かめた。酒呑童子の首は間違いなく屋敷にある。そして、茨木童子の予想どおり、それは騰蛇の封印に使われていた」

「っ……！　じゃあ！」

「でも、現状、返したくてもできない。騰蛇の封印の要こそ、酒呑童子の首だからだ」

あの日、騰蛇は、太常の力が緩んだ瞬間を狙って大暴れした。それで屋敷が闇で覆われて、一部が炎上してしまったんだけど、実は封印が壊れてしまったわけではないらしい。

つまり騰蛇は、封印された状態であれだけのことをしでかしたんだ。

ちなみに今は、その緩んだ封印のまま、僕が指示したとおり、新たに騰蛇のところに誰も近づけない結界を張っている。

少し緩んでいるとはいってもその封印は相変わらず重要で、現段階で解くことはできない。なぜなら、騰蛇は未だ荒魂のままで、ものすごい穢れをまき散らす存在だから。

抑えるものがなくなってしまった瞬間、騰蛇の穢れは騰蛇の意思とは関係なく膨れ上がり、屋敷だけではなく阿部山全体を呑みこんでしまうって話だ。そして、騰蛇自身をも。

だから、今はどうしても返してあげられない。

「騰蛇の封印を解けたとしても、酒呑童子の首は強大な力を持つ呪具だ。この国を守るため、手もとに置いておきたいと太常は言った。でも――お前に返す」

「っ……！　主どの……！」

「だからお願いだ！　作ってくれ！　僕のためじゃなくていい！　茨木童子自身のために！　そして酒呑童子のために！　二人の未来のためにだ！」

僕は素早く座り直して、床に手をついた。

「たとえ術が失敗したとしても、呪具のせいにはしない！　当然、それらを作った者たちの責任を問うようなこともしないと約束する！　なぜなら、すべては強力な呪具に頼らなきゃいけない僕のせいだからだ！」

悪いのは、自分自身の願いを、自分自身の力で叶えられない僕だ！　それ以外にない！

「酒呑童子の首だけじゃない。何かほしいもの、してほしいこと、あるならすべて遠慮なく言ってくれ。できるかぎり叶える！　このとおりだ！」

そう叫んで、深々と頭を下げる。

「あ、頭を上げてくだされ！　阿部のあたりの主！」

茨木童子が、ひどく慌てた様子でバタバタと乱れた足音を立てて右往左往する。

頭を上げると、茨木童子が目の前に膝をついて、じっと僕の顔を見つめた。

「一つ、お聞かせ願いたい！　なぜ、土下座をしてまで封印を解こうとなさっているのか。阿部のあたりの主におかれては、ずっと封印していてもなんの不都合もないはずじゃ」

僕は頷いた。

「たしかに、不都合はない」

今回は結果として持ちこたえることができた。次に太常と封印を担うほかの神との凶日が重なるのは、また何百年後だ。このまま螣蛇を封印したままでも、僕自身に不都合はないし、国の守護的にもひとまず問題はない。

むしろ、何百年後かにある『次』のために、今からみんなで協力して備えられるだけでも、主不在の中で太常が独りで頑張っていたころから考えると、大進歩だろう。

「でも、それじゃあ、僕は僕の願いを叶えられない」

その言葉に、茨木童子が——そして傍らの太常も目を見開いた。

「阿部のあたりの主には、叶えたい願いがあると？」

茨木童子が表情を引き締め、座り直す。

僕はポカンとしている太常を一瞥して、大きく頷いた。

「ああ、そうだ。僕は、僕の願いを叶えたい。螣蛇を自由にするのは、その第一歩なんだ。だからつまり、僕のためだ」

決して、螣蛇のためじゃない。

僕は、僕のために、螣蛇の封印を解きたい。

「もっと具体的に説明したほうがいいか？　それなら、太常は下がらせるけど」

その言葉に、太常がさらに目を丸くして僕を見る。

「はい……？」

「その願いについて、周りには話してはおられんのか？」

「そうだね。屋敷の者には話してない」

まだ、言えない。『あの屋敷をなくしたい』なんて願いは。

下手をすれば、太常の想いを、今までの努力を、否定してしまいかねないものだから。

「もう少し道筋が見えてからかな？」

そこは、慎重にいきたい。

太常の大切なものを踏みつけることのないように。

その心を傷つけることのないように。

できれば、理解してもらえるように。

願わくは、ともに目指せるように。

だって、そうだろう？　人を――この国を守りたいという太常の願いは、屋敷の神さまや道具たちを幸せにしたいという僕の想いと重なるものだと思っているから。

そして、きっと両立できるはずだと信じているから。

僕の言葉に、茨木童子は素早く胡坐をかき、待てというように片手を突き出した。

「あい、わかった！　ならば、それ以上は結構！　十二天将を差し置いて、我ごときが聞くわけにもいくまいよ！　それに、それだけで充分じゃ！」

そう言ってニカッと笑うと、ドンと両の拳を床につく。

「阿部のあたりの主のためでなくてよいと！　自分のためでよいと！　そして万が一の時も我らの責任は問わぬとのこと！　お心遣いありがたく！」

そして、まるで武士のように勇ましく一礼して、まっすぐに僕を見つめた。

「だがしかし！　あえて阿部のあたりの主のため、この力を尽くさせていただこう！」

「え……？」

予想だにしていなかった言葉に、思わず目を丸くする。

そんな僕に、茨木童子は深々と頭を下げて、声を震わせた。

「ああ……！　あなたに話をしてよかった……！」

「茨木童子……」

「我の言葉に真剣に耳を傾けてくださった！　あのわずかな時間で、この鬼ノ城を、我らの生活を――営みを見、理解してくださった！　そして我を信じ、願いを託してくださった！　さらに、我の望みも叶えてくださると言う！　それだけで充分すぎるじゃろう！」

そう叫んで顔を上げると、その燃え盛る炎のような赫い双眸を、好戦的に煌めかせた。

「この茨木童子！　たしかに承った！　最高の仕事をしてみせましょうぞ！」

3

「おい！　本当にあるんだろうな⁉　十握剣(とつかのつるぎ)は！」

白虎がやってられないとばかりに和鏡を投げ捨てて、叫ぶ。あ！　コラ！　なんてことをするんだ！

「ええ、あるはずです。屋敷のどこかには。さっさと探し当ててくださいよ」

「無茶言うな……」

太常の無慈悲(むじひ)な言葉に、白虎が心折れた様子で首を横に振る。

僕は痛がってシクシクしている和鏡を優しく持ち上げて、白虎をにらみつけた。

「お前らが簡単に言う『作業』がどれだけ大変かわかったか！　僕は今までずっと、それを一人でやってたんだぞ！」

このたび、めでたくすべて無駄になったがな！

『屋敷にあるすべての道具を整理して目録を作る』

それだけ聞くと、大した作業ではないように感じると思う。はてしなく面倒くさいだけで。

でも、思い出してほしい。神さまには時間感覚ってもんがあまりないのかもしれないけど、安倍晴明がこの屋敷に道具を封じてから、すでに千年以上が経過している。

千年経ったら道具はどうなるか――。そう、現状ほぼほぼ付喪神（つくもがみ）化しているんだ。

付喪神と一口に言ってもいろいろあって、華のように精霊のような存在が発現する場合もあれば、この和鏡みたく簡単な意思を持って動けるようになるだけの場合もある。さらに意思などは現れないまま強い霊力を持つだけの場合もある。

ただ、意思があるのと、意思の疎通がはかれるかどうかは、また別問題だ。

華ぐらいになると意思の疎通は問題なくできるけれど、その分だけ我も強いから協力してくれるかどうかはそのものの気分次第。この和鏡ぐらいだと意思の疎通はちょっと難しくて、なかなか言うことを聞いてもらえない。意思がないものは言わずもがなだ。

それが、総数千弱あると考えてみてほしい。犬や猫だって千弱もいたら、それを捕まえて、仕分けして、見分けがつくように特徴をすべて書き記して目録を作るのは容易じゃない。

それが付喪神だったら？　生きものとしてあり得ない予測不能の動きをするだけじゃなく、アイツら消えまでするんだよ。動かない強い霊力を持つだけのものも消えはするんだよ。

ここまで言えば、太常が笑顔でさら～っと要求しやがった目録作りが、実はとんでもなく大変な作業だってことがわかってもらえると思う。

白虎ですら、三公闘戦剣と日月護身剣を探し出すのに六日かかるんだ。

「これをまた一からやらなきゃいけないって考えただけで、スキップで首括り（くびくく）に行けるほどしんどい作業なんだぞ！」

「ええ、わかってますよ。そこがわかっていなかったわけではないです」

僕の叫びに、太常がにっこり笑顔で負情（ふじょう）なことを言う。いや、言葉は間違ってない。負情。薄情でも無情でもない。無（ぜろ）より下、マイナスの情だ。だから負情。

白虎もため息をついて、ゴロンと床に転がった。

「俺もわかってはいたぞ。だから、今まで一切手伝うことはしなかったんだ」

「お前らめちゃくちゃムカつくな」

助走つけて殴っていいレベルだと思う。

ぶすーっと膨れていると、太常が白虎にも負情を発揮する。

「さぁ、ぼーっとしている時間はありませんよ。白虎、早く探し当ててください」

「そんなこと言ったってよ……」

白虎は再度深いため息をついて、西のほうへと視線を向けた。

「……なぁ、今回の騰蛇のアレで消失しちまったってことはないよな?」

「十握剣ですよ?　さすがにそれはありえないでしょう」

「まぁ、そうか。日本神話の剣だもんな」

十握剣とは、白虎が言ったとおり、日本神話に登場する剣だ。でも、さまざまな場面で、さまざまな神がそれを振るっていることから、一振りの剣の名前ではなく、長さが十束（一束は握りこぶしほどの長さ）の剣の総称だと考えられている。

有名なところでは、伊邪那岐神が神産みで生まれた火之迦具土神を切り殺した剣だったり、須佐之男命が八岐大蛇を退治した剣だったり、国譲りの話では建御雷神が海に逆さまに――つまり柄のほうをぶっ差して、その切っ先に座ったりする。なんでそんなところに座ろうと思ったのかは謎。マジで謎。

わりと有名な山幸彦と海幸彦の話では、海幸彦の大事な釣針を失くしちゃった山幸彦は、自分の十握剣を潰して代わりの針を作ったりもしてる。

神話の時代から現代にまで伝わっている剣だから、もちろんバッチリ付喪神化しているし、その神格はめちゃくちゃ高くて、霊力も尋常じゃないぐらい強い。それゆえに、プライドもエベレスト級らしく、めったにその姿を下々の前に晒すことはない。屋敷の管理をしていた太常ですら、その姿を見たことは数えるほどらしい。

「十種の神宝のほうは見つかったのか?」

「とりあえず、儀式に使うものは見つけた。沖津鏡、八握剣、生玉、足玉、あとは三種の領巾。蛇比礼、蜂比礼、品物之比礼」

十種の神宝とは、『先代旧事本紀』という——この国の史書であり、神道における神典に出てくる、十種類の宝物のことだ。

天地開闢から推古天皇までの歴史が記述されている中、神武天皇による神武東征において、大和の豪族が奉じる神として登場する邇藝速日命が、天より降臨した際に持っていたもの。

そして、それは、天照大御神より授かったものだという。

十握剣は、騰蛇の式神化の術式の中で、そして十種の神宝の一部は、その術式を行う準備として僕が行う儀式の中で必要なのだそうだ。

ちなみに、沖津鏡は太陽の分霊として、僕を導く道しるべとして使われるもの。八握剣は、邪気を祓い、場を清めるために。生玉は神と僕を繋ぐため、足玉は僕の願いを叶えるため。そして、蛇比礼、蜂比礼、品物之比礼は僕の身を浄め、守るために使うとのことだった。

「もうすでに、天之宮さまに託してある。儀式、頑張れよ。今日からだよな?」

「うん。このあと、天之宮さまが祀られている社に向かうことになってる」

しばらくは毎日、津山城から社に通って儀式を行うことになっている。

「その前に、屋敷の修復がどれぐらい進んでるかを見に来たんだ。主が近くにいたほうが、道具たちは力を発揮しやすいって言うし」

ってことは、屋敷――もと迷い家も、僕が傍にいたほうが治りが速いってことだろ？

「ゆっくりでいいからな。傷を治してくれ」

ポンポンと柱を優しく叩く。迷い家は意思疎通ができるタイプのあやかしではないけれど、きっと僕の思いは伝わってると思う。そう信じる。

さらに優しく柱を撫でていると、白虎がのそりと起き上がった。

「騰蛇……。静かだよな……」

そう言って、ふたたび西のほうに視線を投げる。

「そうですね。本当に静かにしてくれています。奇跡のような話ですよ」

約束だった十日間は、もうとっくに過ぎている。

期日当日に、太常、大陰、六合、天后、そして四獣が全員、焦土の中の黒靄の前に並んで、僕の体調がまだ戻っていないこと、僕は騰蛇を自由にするためにとある準備をしていること、だけど僕が、その説明を自身で直接騰蛇にしたいと望んでいるため、今はまだ言えないこと、そして――準備が整うのがいつになるかはまだ明確にはできないけれど、どうか僕を信じて待っていてほしいと僕が言っていたことを伝えてくれた。

騰蛇の答えはなかったとのことだけれど、じっと静かにしていてくれているということは、ちゃんと伝わっているし、承知してくれたのだと思っていいのだろう。

騰蛇の封印は緩んだまま、ほかのモノを近づけないための結界を新たに張っただけなので、屋敷の道具たちの中で、意思を持つモノの大半がいないことも、四獣が手分けをして何やら探していることも、きっとわかっているはずだ。それでも邪魔せずじっとしてくれている。あの恐ろしいほど飽き性のあの騰蛇が。

十二天将は、口を揃えて言う。『奇跡だ』って。

「……そうだな。アイツのためにも、とっつかまえてやらねぇとな」

白虎がふっと目を優しくして、唇を綻(ほころ)ばせる。

「考えてみりゃ、アイツが昔のように在れるなら、こんなのは苦労にも入らねぇな」

そう言って立ち上がり、ぐ～っと身体を伸ばした。

「じゃあ、頑張るか！」

「そうしてください。心折れてる場合じゃないですよ」

「……お前だって、手伝ってくれてもいいんだぜ？」

「え？　わたくしは、主さまの手伝いもしなかったのですよ？　それなのに、ここで白虎を手助けしてしまったら、主さまの立場がないでしょう？」

太常が扇で口もとを覆って、にっこりと笑う。

「わたくしは、今後も主さまの手伝いをするつもりは一切ございませんので、『白虎の時は手伝ってやってたじゃないか！』という要求をさせないためにも、拒否いたします」

なんだよ⁉　その理由！

「え？　何？　お前、今後も一切手伝わないつもりなの……？」

一からやり直しになったんだって！　少しは可哀想って思わないのかよ？

ところが、白虎はそんな阿呆みたいな理由でも納得したらしい。

「たしかに俺も、主を手伝うのは嫌だからな。……なるほど。ここで手伝ってもらったら、今後主の手伝いを断るのは難しくなるな。じゃあ、仕方ない。一人でやるしかないか」

お前も、今から今後も僕の手伝いはしない宣言かよ。

「お前ら、本当に殴るぞ」

ギロリとにらみつけると、白虎がふと僕の傍らを見た。

「そういえば最近、お姫と一緒にいるところを見ないな」

「お姫？　ああ、華か。まぁ、そうだな……」

「今も、ついて来てないんだろう？　守り刀のくせに、主の傍を離れるなんて……」

「いや、離れてはいないよ。きっと。近くにはいると思う」

いつだって、呼べば姿を見せてはくれるから。ただ、まぁ、ろくに話してはくれないけど。

そう言うと、白虎がなんだか少し不安そうに眉を寄せた。

「大丈夫なのか？」

僕はそれには答えず、小さく肩をすくめた。

華が僕に何かをすることなんてことはあり得ないし、黙っていなくなったりなんてこともしないだろう。その点では、大丈夫だ。

でも華は、華の意思で、僕について来てくれただけだ。ヌシさまとは呼んでくれているし、僕も主を名乗っているし、周りもそう認識しているけど、実は僕らは本当の主従じゃない。そこは、間接的にでもそういう関係にある、屋敷の神さまや道具たちとは違う。だから華は、どこで、誰とともに在るかは、百パーセント自分の意思で決定していいんだ。

そういった点では、大丈夫とはとても言えない。

嫌われない才能は、第一印象で相手に不快感を与えることがあまりないってだけの話だし、コミュニケーション能力は高いほうだって自負もあるけれど、絶対に他者に嫌われないってわけじゃない。二度とかかわるもんかってレベルで仲違いしたことなんていくらでもある。

だから、華が僕に幻滅することだって普通にあると思うし、もう一緒にいたくないなんて言い出す可能性だって十二分にある。どれだけ僕が一緒にいたいと願っていても、だ。

だからこうして避けられると、不安になる。僕と離れたいと思っているんじゃないかって。ともに在りたいと思っているのは、もう僕だけなんじゃないかって……。

僕は一つ息をつくと、胸の前で拳を握った。

「そろそろ、ちゃんと話をしないとな……とは思っているよ」

4

生玉と蛇比礼、蜂比礼を身につけ、品物之比礼の上に膝をつき、頭を下げ、足玉を掲げて十種神宝祓詞（とくさのかんだからのはらえことば）を唱え、僕の願いを心に思い描く。

「ひふみよ　いむなや　こと　ふるべ　ゆらゆらと　ふるべ」

天之宮さまが祭壇に置かれた沖津鏡に深々と頭を下げ、祝詞（のりと）を唱えながら八握剣を振って邪気を祓い、浄めた水を撒いて、僕に加護を与える。

そうして、僕が足玉を高く掲げて布瑠（ふる）の言（こと）を唱え、三度伏礼して——祭祀は終了。

ホッと息をつくと、天之宮さまがにっこり笑って、八握剣を祭壇に置いた。

「では、また明日、同じことをします」

「呪具の準備が整うまで毎日、ですね」

「そのとおりです。螣蛇を式神化する術式の間、彼の放つ穢れに耐えねばなりませんから、その身体づくりと考えてください」

身体を徹底的に浄め、穢れに呑まれない守りを固めたうえ、術式を執り行うために、僕のこのカスみたいななけなしの霊力を最大限底上げする。それが、この祭祀の目的だ。

「人とかかわらない神であった我が祭祀を執り行うとは……少し照れますね」

ここは、津山市にある天之宮さまを祀ったお社。

起源が曖昧なぐらい古くからあるもので、最近では『選ばれた者しかたどり着けない』と言われているほど、超強力な神秘のパワースポットとして有名だ。

「では、このあとはどうしますか？　このまま津山城に戻りますか？　それとも津山の街で美味しいスイーツでも食べますか？」

天之宮さまがニコニコ笑顔でこてんと首を傾げる。

僕は身につけていた十種の神宝を祭壇に戻すと、首を横に振った。

「すみません、ちょっと家に戻ろうと思います」

「え？　おうちに、ですか？」

「はい、東京の家に。しばらく帰ってないので、少し心配で」

高熱で寝込んでいた時以来だから、もう一週間以上になる。そろそろ帰らないと。

僕がそう言うと、天之宮さまは少し残念そうに表情を曇らせた。

「ああ、そうなのですか……。夜には、お戻りになりますか？」

「はい、もちろん。明日も祭祀ですし」

「では、美味しいものを用意してお待ちしておりますね」

天之宮さまがにっこりと笑って――それから再び首を傾げた。

「あ、ええと……我は阿部どののお家を存じ上げないのですが、幽世の屋敷にお送りすればいいですか？」

「あ、はい。それで大丈夫です。ありがとうございます」

そう言った途端、独特の浮遊感が身体を包む。

だけど、それも一瞬のこと。気づくと、見慣れた四脚門の前にいた。

白虎がまだ大捜索中なのか、騒がしい声が門の外にまで響いている。

「じゃあ、行くか」

僕は中に入ると、いつもの小さな絵馬を手首に掛けながら、閉じている中門の前へ。

そして、姿勢を正して二礼二拍手一礼し、それを開けた。

その先は――見慣れた僕の家。

「ああ、久しぶりだ……」

すぐさま、あちこちの窓を開けて換気をして、仏壇に手を合わせる。

「……ただいま。相変わらず貧乏くじを引きがちだけど、ちゃんと頑張ってるよ」

祖父にそう報告をする。わりととんでもない目にも遭ってるけど、頑張ってるよ。

そして——冷蔵庫から買い置きの缶コーヒーを出してくると、畳に腰を下ろした。

「ふー……」

自然と、大きく息をつく。ああ、やっぱりここが一番落ち着く。

僕はコーヒーを飲んで人心地つけると、宙へと視線を投げた。

「……華」

僕の呼びかけに、ふわりと華が姿を現す。でも、相変わらずだ。すぐに応えてくれるのに、何が気に入らないのかムスッとしたまま部屋の隅に三角座りをして、そっぽを向く。

「そろそろ何を怒っているのか、教えてくれないか?」

僕はそっと息をついて、華を見つめた。

「………………」

「気がつかないうちに何かしてしまったのなら、言ってくれ。ちゃんと謝らせてもらうし、お詫びもしたい。そして、二度としないように気をつけるから」

「…………」

僕は小さくため息をついた。何を言っても答えてくれないし、視線を合わせてもくれない。

これも相変わらずだ。

ただ、今まではすぐに隠れてしまったけれど、今は部屋の隅に座ったまま動く気配はない。

これまでとは違って、話をする気は少なからずあると考えてもいいのだろうか？　だけど、今のままじゃ返事をする気になれない？　いや、これまで意地を張っていた分、返事をするタイミングがつかめないでいるのだろうか？

僕は少し考えて、それならと――少々ズルい訊き方をすることにした。

「僕のこと、嫌いになっちゃった？」

「……！」

狐耳をピクンと動かし、ようやく華が僕を見る。

獣の瞳孔を持つ零れ落ちそうな金色の瞳が、大きく見開かれた。

「え……？」

「もう、僕とは話したくない？」

「っ……」

「もう、僕とは一緒にいたくない？」

「ち、違う！」

思わずといった様子で叫び、華が勢いよく立ち上がる。

「そ、そうではない……！　そうでは……」

——うん、わかってるよ。現状、そんなふうに思ってないってことは。

でも、間髪いれず否定してくれたことに、ホッとする。わかってはいるけれど、それでもこれだけ避けられたら不安にもなるから。

僕は「よかった」と笑って立ち上がると、華が逃げてしまわないようにゆっくりと慎重に近づいて、その前に膝をついた。

「じゃあ、何を怒ってるの？　何を悲しんでるの？　華、僕に教えてくれないか？」

まっすぐ華を見上げて優しく言うと、華が今にも泣き出しそうに顔を歪める。

「っ……ヌシさまが、騰蛇を式神にするなどと言うから……！」

「……！」

意外な言葉に、僕は目を見開いた。

ああ、そうか。天之宮さまと天守で話している時、華は僕のバッグの中にいたんだった。

華はその翌日の朝からむくれていたわけだから、たしかにタイミングは合っている。でもまさかそれが理由だなんて。

太常も四獣も、ものすごく驚いていたし、阿呆だの馬鹿だの好き勝手に言ってくれたけど、それでも誰も不快感を示すことはなかったのに。

「それが、嫌だった？」

そう尋ねると、しかし華は激しく首を横に振った。

「違う……！　螣蛇を式神にすること自体が嫌なのではない……！　ヌシさまの想いは……願いは理解しておるつもりだ！」

「じゃあ、どうして？」

「っ……！　なぜ、我より前に螣蛇が契約するのだ！」

「えっ……⁉」

またまた、予想だにしていなかった言葉だった。

僕は息を呑み、まじまじと華を見つめた。

「華……？」

「我は、ヌシさまの守り刀！　一番に下僕（しもべ）にすべきは我であろう⁉」

「いや、でも……」

僕は首を横に振った。

「華を下僕になんてできないよ……」

「なぜじゃ！　なぜ、下僕にしてくれぬ⁉」

「だって、僕と華は契約なんてしなくったって繋がってるだろう？　術式ではなく、心で。気持ちでだ。それは、主従関係を結ぶより尊いことなんじゃないのか？」

どちらが上でも下でもない、完全に対等の関係――。それが一番だろう？

しかしその言葉に、華はさらに激しく首を横に振った。

「騰蛇とだって、力で抑えつけて従えるわけではなかろう！　騰蛇がもう嫌だと思えば、離れたいと思えば、すぐにでも解消できる！　だったら、心で繋がっているのと何が違う？同じではないか！」

「それは……そうかもしれないけど……。だけど、騰蛇の場合は、穢れを祓うことや和魂に戻すための手段であって……。僕は別に、騰蛇を下僕にしたいわけじゃないし……」

これしか方法がないから、そうするだけだ。

そう言うと、華はさらに顔を歪めて、僕の肩をつかんだ。

「じゃあ、我も騰蛇のように強い穢れを放つ存在になれば、下僕にしてもらえるのか⁉」

「華……」

「っ……ヌシさまは何もわかっておらん！」

僕を映した金色の瞳から、ぽろりと大粒の涙が零れ落ちた。

「我は付喪神――道具なんじゃ！　道具は、人に使われてこそ！　人に所有されることは、何にも代えがたい喜びなんじゃ！」

「あ……！」

その言葉に、根付の付喪神を思い出す。ひどく絶望して消えてしまった――あの仔犬を。

そして、朔と華の言葉を。

『付喪神はそういうものです。人に使われ、大事にされて、長い年月を経た道具に、人の念や精霊などが宿ったもの。そうして命を得たものですから、基本的には人に使われることで、大事にされることで、その力を増してゆくものなんです』

『人に使われ、大事にされることで命を得た我らは、さっきも言ったとおり、情が深いのよ。人を想い、人とともに在ることを望む』

ああ、そうだ。そうだった！

たしかに、年齢も性別も立場も何も関係なく、利害なども考えず、契約などの縛りもなく、心で繋がり、どちらが上でも下でもなく対等に、ともに歩いてゆける関係――それはとても尊いものだ。

でも、それはあくまで人と人との話。

神やあやかしを、人間の常識ではかってはいけないと、学んだはずだったのに――。

「華……ごめんっ……！」

僕はそう叫ぶと、華の小さな身体を引き寄せ、力いっぱい抱き締めた。

「ごめん……！　僕の……人の常識だけで、ものを言った……！」

「ヌシさま……」

華がぐずぐずと鼻をすすりながら、僕の背中に手を回す。

「我は、ヌシさまのものでありたいのじゃ……。誰よりもヌシさまの近くにありたい……。そして、ヌシさまのために働きたい……」

そして、僕の肩に額をつけて、声を震わせた。

「ヌシさまは優しい……。我とてわかってはおるのだ。一方的に力で抑えつけて従わせる関係ではないとはいえ、それでも騰蛇を己の式神とすることに、ヌシさまは最初、かなりの抵抗を感じておった……。そうであろう？」

「うん……」

どういう理由があったとしても、やはりそれは騰蛇を縛る行為には違いないから。

「ヌシさまはすごい……。神だけではなく、あやかしや小さな道具たちですら敬い、尊ぶ。屋敷の主でありながら、屋敷のモノたちを下に見ることはない。常に対等であろうとする。そして、心で繋がることを望む……。それは、本当に素晴らしいことじゃ……」

華が僕のTシャツに爪を立てる。

「だから、そんなヌシさまの考えを尊重してきた……。所有されたいとは、言わなんだ……。なぜなら、我は屋敷のモノではない。あの幽世に棲まうモノでもない。それらとは関係なく、けれどもヌシさまとともに在るモノ、いつでもどこでも――私生活にすら寄り添えるモノ。その『唯一』があったから……！」

そう叫ぶと、涙で汚れた顔を上げた。

「契約などせずとも、我が一番近くにいるという自負があったからじゃ！」

「華……」

「でも、ヌシさまが螣蛇を式神としたら……それが崩れてしまう……！」

すでに濡れた頬を、さらなる涙が伝う。

「ヌ、ヌシさまの性格は、我が一番よく知っておる！　何を大切にしておるか、何を嫌うか、何に怒るか……。だから、無理強いする気なんてないのじゃ！　それでも……！」

華は唇を噛むと、再び僕の肩に顔を埋めた。

「それでも、悔しい……！」

背中に回された――Tシャツを握る手がぶるぶると震える。

「どうして、我が一番ではない……？」

「これは我の我儘でしかないことは、わかっておる……。でも我は、ヌシさまの一番近くに在りたいのじゃ……」

僕は華を強く抱き締め、その金色に輝く髪を優しく撫でた。

「華……。本当にゴメン……」

ああ、僕は馬鹿だ。本当に馬鹿だ。多喜子さんの件で、そして根付の仔犬の件でも、華の情の深さは十二分に理解していたのに。

そして、神やあやかしに人間の常識は通用しないってことだってもうわかっているのに、ついつい自分の感覚だけでものを考えてしまう。これで何度目だよ？

でも華は、「ヌシさまは悪くない……。これは我の我儘なのじゃ……」と言ってくれる。

「さっきは激情に駆られて強い言葉で不満をぶつけてしまったが、我は怒っていたわけではないのじゃ……。何度も言うようだが、これは我の勝手な想いでしかない……。ヌシさまの負担にはなりとうない……」

「華……」

「でも、どうしても悔しい……！」

僕は華の細い身体をしっかりと抱き締めたまま、目を閉じた。

ああ、そうか。悔しくて悔しくてたまらないのに、今までむくれているばかりだったのはそういうことか。僕を責めたくなかった。そして、僕にさらなる負担をかけたくなかった。

でも、すべてを呑み込んでそしらぬふりをするには、あまりにも胸内の想いが大きすぎて、荒れ狂いすぎていて、もう自分ではどうしようもなかったんだ。

激情をぶつけずに済む唯一の方法が、何も語らず僕と距離を置くことだった――……。

「っ……」

じわりと胸が熱くなる。

ああ、華はこんなにも僕のことを想ってくれていたんだ……。

「華……。ありがとう……」

噛み締めるように言うと、腕の中の華がぴくりと肩を震わせる。

「それは……いったい、なんの礼じゃ……」

「そこまで想ってくれて、ともに在ることを望んでくれた。――とても嬉しい」

僕はきっぱりと言って、大きな狐耳とさらさらの金の髪を撫でた。

「僕は、華が好きだよ……」

そして、かつて口にした言葉を繰り返す。

「一方的に、一生添い遂げるつもりでいるぐらいには、華のことが好きだよ……！」

屋敷の主を務めることとは、関係なく。

その神格の高さも、僕を守ってくれる能力も、一切関係なく。

利害なんてものとは別の次元で、ただただ華のことが好きだよ。

「だから、大事にする。——以前に、そう誓った」

人の一生は、あまりにも短い。神さまやあやかしが、人とともに在るのは難しい。

華にとって——屋敷の神さまや道具たちにとっても、僕の一生は瞬く間のことのはずだ。

だったらせめて、自分が生きているうちは華がいつも笑っていられるように尽くそうと。

「ヌシさま……」

「だから、泣かないで。華の気持ちは痛いほどよくわかったから」

あやすように優しく背中を叩くと、こくんと小さく頷く。

僕はホッと息をついて——ふと天井を見上げた。

「なぁ、華。式神契約って、本来はどうするものなんだ?」

すると、僕の腕の中で華が身を捩って、こちらを見上げた。

「いろいろある……。大体は霊力でもって相手を弱らせて、霊符などで力の一部を封じて、仮名を与えて魂を縛りつける……。あるいは、自身の身体の一部や霊力を餌にして、それを欲するモノと取り引きをする……」

「今度騰蛇と交わす契約は、最初のやつが近いのかな？　強力な力を持った呪具を作って、それに十二天将がそれぞれ加護と術式を組み込む。騰蛇がそれをつけたら、その強大な力の一部が封じられる。そのうえで僕が騰蛇に仮名を与えることで、二者を繋ぐ……」

「そうじゃの……。無理やりではないだけじゃ」

「身体の一部や霊力を餌にしてってやり方は、具体的にはどうするんだ？」

「それも、いろいろ……交渉次第じゃの……。先に報酬となるものを与えてから、使役する、使役が先で、目的をちゃんと達成してから報酬を与える。それぞれじゃ」

「え？　決まりはないのか？」

「そうじゃな。とくに決まりはないのぅ」

「そうなんだ……？」

僕は思わず首を傾げた。

なんか、不思議な話だな……？

「華？　今の説明だと、両者が約束を必ず守る保証ってとくになくないか？　そのあたりはどうなってるんだ？　何かしら縛りみたいなものがあるのか？」

「基本的には口約束じゃ」

「え……。マジか。それってトラブルにならないのか？」

たとえば、あやかしを使うだけ使ったあと、人が報酬を払わずに逃げてしまうこととか。反対に、人の霊力や身体の一部を食っておいて、あやかしが命令をきかないこととか。

そう言うと、華は涙のあとを擦りながら、首を横に振った。

「それは、割に合わぬ」

「割に合わない？」

「そうじゃ。人が神やあやかしを謀れば、末代まで祟(たた)られたり、一族郎党子々孫々すべてが命をつけ狙われよう。代償が大きすぎる」

「ああ、そっか……。神やあやかしのほうは？」

「神もあやかしも、盟約を守らぬモノを是としない。それは、自らを自らの手で地の底まで貶(おとし)める行為じゃ。神やあやかしの世界で生きてゆくことが難しくなろう」

「体裁(ていさい)が悪すぎるってことか……なるほど……」

神さまやあやかしの世界にもあるんだな、体裁って。

「それゆえに、小さきモノ相手に、簡単なことをお願いするための契約がほとんどじゃな。大モノ相手に大それたことを望めば、報酬も人ひとりの命程度では収まらなくなってしまう。毎年、生娘(きむすめ)を生贄として捧げねばならない……とかな」

「ああ、そっか。そうだよな……」

それは裏を返せば、小さなことだったら、小さな代償で済むってことだ。

そして、おそらくそこにも基準や決まりはない。

すべては、交渉次第――。

「じゃあ、付喪神の中でポピュラーな方法は？」

あれこれ考えを巡らせながら尋ねると、華が悲しげに顔を歪めて俯いてしまう。あれ？

なんかいけないこと聞いたかな？

「華……？」

「付喪神は……あまり式神となるものはおらん……」

「え？　そうなのか？」

「ああ。付喪神は、もとより本体が所有されていることが多いからじゃ……」

華がしゅんとしたまま、小さな声で言う。

「我も、ヌシさまが本体の『子狐』を所有しておる。ほとんどの付喪神はそれで満足する。それ以上の関係を望むモノは……少ないのじゃ……」

ああ、そっか。考えてみればそうだ。紫都（しづ）さんも志津（しづ）さんも『子狐』を所有していただけ、華と式神契約なんてものは交わしていない。そもそも二人とも華を見ることができなかったんじゃなかったっけ。

「っ……」

胸が熱くなる。

僕には、僕だけには、それを望んでくれたんだ。

もっと深い結びつきを欲してくれた。僕のことを、誰よりも強く想ってくれたからこそ。

「これは……主冥利(みょうり)に尽きるな……」

こんなの、感動するなってほうが無理だ。

だって、うちの神さまたちってことごとく主を大切にしないやつらばっかりだし！

「華、じゃあちょっと待ってて」

華の身体を優しく離すと、僕は立ち上がって押入れを開けた。

そして、奥にしまい込んであった古い旅行鞄を引っ張り出すと、中から小さな寄木細工の宝石箱を取り出した。

「これは、僕のばあちゃんのものなんだって」

僕はそれを手に、再び華の前に座った。

「今は、家族みんなの形見が入ってる」

「家族……？」

「そう、僕の家族」

僕は頷いて、宝石箱を開けた。

「紫色の袋に入ってるのが、じいちゃんとばあちゃんの結婚指輪。華、手を出して」

古めかしい小さなジュエリーポーチから、プラチナのリングを取り出し、華の掌の上に置く。ごくシンプルなもので、内側にはイニシャルと結婚式の日付が刻印されている。

「青色の袋に入ってるのが、父さんと母さんの結婚指輪」

もう片方の掌の上に、先ほどのよりも細くて華奢でスタイリッシュなデザインのプラチナリングを出す。

内側には誕生石が埋め込まれ、永遠の文字が刻まれている。

「で、これが、ばあちゃんがじいちゃんからもらった婚約指輪」

王道とはこのことといった形のダイヤのリングを、祖父祖母の結婚指輪の上に置く。

「そして、これが母さんが父さんからもらった婚約指輪」

繊細な作りで、ハート形にカットされた小さなイエローダイヤモンドがひどく愛らしい。

「じいちゃんが言ってたっけ。本当は、指輪をつけたまま火葬してあげたかったんだって。でも、今は駄目らしいんだ。燃えないものは、納棺時に一緒に入れちゃいけないんだって。あとから骨壺に入れることも考えたらしいんだけど、一緒に天に送ってあげられてないのに入れても仕方がないってことで、ここにすべてあるんだ」

祖父母の、そして両親の、愛の証だ。

僕が今ここに在るのは、その愛のおかげだ。

「あとは、ペンダントが三本ぐらいかな。冠婚葬祭用の真珠のアクセサリーは別のところにしまってあるから。ちょっとそのまま持っててね」

僕はそう言って細いチェーンを取り出すと、母の結婚指輪と婚約指輪を通した。

そして、祖父母の結婚指輪と婚約指輪のはもとどおり宝石箱にしまうと、華を見つめた。

「僕と式神契約をしよう。華」

「――ッ！」

華がビクッと身を震わせ、零れ落ちそうな瞳をさらに大きく見開く。

「よいのか？　ヌシさま……」

「知ってのとおり、僕の霊力はゴミカスだから、華の霊力に頼ってしまうことになるけれど。餌のほうのやり方でも、霊力がまったくいらないわけじゃないんだろう？」

「一応、誓約を交わす際には必要じゃ。それは我のほうでなんとかできるが……」

そこまで言って――華がくしゃりと顔を歪めて、唇を噛む。

「嬉しい……嬉しいぞ……！　でも、無理はしておらぬか？　わ、我は、ヌシさまに負担はかけとうないんじゃ……！　我が我儘を言ったせいなら……！」

「違うよ、華。華の気持ちを聞いて決心したことは確かだけれど、それでも僕が決めたんだ。その想いが嬉しかったから」

「ヌシさま……」

「でも、やっぱり僕には僕の信念もあるし、願いもあるから、僕が上で華が下という契約はしたくない。結ぶなら、お互いの立場が対等なものがいい」

「対等……」

　華が嬉しいような、少し複雑なような表情をする。――わかるよ。華は所有されたいんだ。華が望むのは、僕が上で華が下――完全なる主従関係だ。そちらのほうがより深く結ばれる気がするんだろう。

　でも、結びつきが強い『対等』もあるはずだ。

　僕は華の両手を取って、しっかりと握り締めると、にっこりと笑った。

「そう。華が、僕のものになる。そして、僕も華のものになる。これで対等だろう？」

「っ……!?」

　思ってもみなかった言葉だったのか、華が目を丸くする。

　そのまましばらくポカンとしたあと、小さく首を傾げた。

「お互いが……お互いを……所有する……？」

「そう。僕には華にあげられる霊力はないし、僕の身体の一部なんて欲しくもないだろう？　だから、僕をあげる」

「ヌシさまを……？」

「そう。華が『もう自由になりたい』と言い出さないかぎり、僕は『子狐』を手放さない。約束するよ。僕は死ぬまでずっと、華の傍にいる」

それが、僕が差し出すもの。

「その見返りに華に求めるのは、僕の傍にいてほしいってこと。期間は、華が望むだけ」

だから、華は僕のものであると同時に、僕は華のもの。

僕の言葉に、華がパチパチと目を瞬く。

「ヌシさまが、死ぬまで……？」

「あるいは、華にほかに『所有されたい』と思う人ができるまで」

「っ……それはない！　ヌシさまのほかになど……！」

「でも、約束は慎重にしたほうがいいんだろう？　破った時の代償が大きいんだから」

「それでもじゃ！　ヌシさまのほかに所有されたいと願うことなどない！」

華はそう叫ぶと、激しく首を横に振った。

「ヌシさまだけじゃ！　誓う！」

「そっか……ありがとう」

僕は笑って、母の婚約指輪と結婚指輪で作ったペンダントを、華の首に掛けた。

「じゃあ、僕をあげる代わりに、華をちょうだい。それが——僕たちの契約」

「っ……！　こんな大事なものを……我に……!?」

「うん。華との約束の証だからね。華の目や髪と同じ輝きと色——イエローダイヤモンドが司（つかさど）るのは、『希望』と『絆』なんだよ。知ってた？」

「希望と……絆？」

「そう。華との絆が僕の希望になる。僕の願いを知っているのは、今のところ天之宮さまと華だけだ。華。どうか、僕を助けてほしい。支えてほしい。華だけは、何があっても絶対に僕の味方でいてほしい」

僕の『願い』を——それを叶えるための選択を、受け入れられないモノも多いだろう。

僕が『願い』を叶えるために歩むのは、間違いなく茨（いばら）の道だ。

でも、華がいてくれたら——頑張れる！

「必ず、成し遂げてみせるから」

その言葉に、華が頬を引き締めて、頷く。

そして、『子狐』をふわりと宙に現わすと、それを僕らの間に置いた。

「ヌシさま、手を」

父の指輪と左手を差し出すと、華がそれを薬指にはめてくれる。

そして僕らはしっかりと手を繋いで、もう片方の手を『子狐』に置いた。

「病める時も、健やかなる時も、死が二人を別つまで、ともにあることを誓います」

僕の誓いの言葉を、華もまた復唱する。

傍目には、子供のおままごとの結婚式につき合ってあげているような、微笑ましい光景に映るだろう。

だけど、実際につき合ってもらうのは僕のほうだ。

僕の『願い』のため。

これから見る——途方もない夢のために。

「っ……」

『子狐』から金色の光が溢れ出し、僕らを包んでゆく。

僕は目を閉じた。

病める時も、健やかなる時も、この身が滅ぶまで、僕は僕の『願い』のため、あの屋敷の神さまや道具たちのために、力の限りを尽くすと誓います——。

第四話

一人笑うて暮らそうよりも

1

これは第一歩だ。

安倍晴明の遺したモノを壊す――第一歩。

これこそ、僕の大家としての仕事だと思う。

幽世の屋敷をなくす。道具たちを、神さまたちを、解放する――。

もちろん、安倍晴明がしたことを否定する気は一切ない。実際、安倍晴明の遺したものがあったからこそ、日本は今日まで日本で在れたのだと思っている。

遥か古代より、神の血を受け継ぐ天皇を戴き、存続している国家――。それは、世界的に見てもほかに類を見ない。どんな困難に遭おうとも、日本はずっと日本で在り続けた。安倍晴明が願ったとおりに。

繰り返すけれど、そんな国はほかにはない。それほど、日本は稀有（けう）な国だ。

それは、誰がなんと言おうと、間違いなくすごいことで、素晴らしいことだ。もちろん、それを僕なんかが批判していいはずもない。

でも――思うんだ。神さまや道具たちは、ほかならぬ安倍晴明だからこそ従ったんだって。

彼を愛しているからこそ、彼が愛していた国を守ってくれたんだって。

彼亡き今、神さまや道具たちを安倍晴明の名のもとに縛り続けるのはどうなんだろう?

安倍晴明以外には従いたくないと考えるモノもいる。

次の主など認めてたまるものかと思っているモノもいる。

ずっと隠れたまま、すべてを拒絶しているモノだっている。

あの屋敷から出たいと、ひたすら願っているモノもいる。

黒く穢れて、身動き取れなくなってしまったモノもいる。

それだけでも、神さまや道具たちがこの国を守ることに執心しているわけではないことがわかるのに。


「…………」


桐箱を大事に抱えて、縢蛇のいる黒靄の前に立つ。

僕は、安倍晴明とは違う。

僕には、安倍晴明のようなことは何もできない。

僕と安倍晴明では力が違う。考え方が違う。優先するものが違う。大切に思うモノも違う。

そして――絆の結び方も違う。

深呼吸を一つ。僕は腹に力を込めて、黒靄をまっすぐに見据えた。

だから僕は、安倍晴明とは違う道を選ぶ。

2

「――やっと来たか。吉祥真備」

黒靄の中に入り、しばらく進んだところで、どこからともなく声がする。

僕は足を止めると、その場に素早く膝をついた。

「名前を憶えてくださったんですね。――長らくお待たせして、申し訳ありませんでした」

地に両手をついて、深々と頭を下げる。

「やめよ。貴様は主なのだろう？」

「一応、この屋敷の主ではあります」

「ならば、この俺は下僕だ。礼を取る必要などない」

その言葉に、僕はきっぱりと首を横に振った。

「それは関係ありません。僕は、僕の『願い』を叶えていただきたく、ここに来たので」

「……『願い』だと？」

その言葉とともに、闇の中から螣蛇が姿を現す。

漆黒の闇に浸食された血の色の髪が、ひらりと揺れる。

ああ、本当に、不吉な姿であるはずなのに、どこまでも美しい。

「それは、『俺を自由にしたい』とかいうあの世迷いごとか？」

螣蛇は正面――四、五メートルぐらい離れたところにドカッと腰を下ろすと、まっすぐに僕を見つめた。

「ほかはなんだったか。『神さまや道具たちを、幸せにしたい！』『二度と太常をたった独りで頑張らせたりするものか！』だったか？」

そう言って、信じられないとばかりに首を横に振る。

「勢いに任せた戯言だと思っていたら、貴様……ほかの連中にもそれを言ったらしいな？」

「はい、そうですね」

「気でもふれているんじゃないのか」

「そんなにおかしなことですかね？　ほかの神さまにも『阿呆』だの『馬鹿』だの『螣蛇の穢れに脳までやられてる』だのと言われたんですが」

「それは、あいつらが正しい」

騰蛇がきっぱりと言う。僕は小さく肩をすくめた。

「でも、僕の中ではちゃんと筋が通ってるんですよ。あと、一つ訂正させていただきますね。あなたを自由にすることは、僕の『願い』を叶えるための最初の一歩です」

「……！　この先があると言うのか」

「はい」

「……見上げた阿呆だな……貴様は……」

騰蛇があっけにとられた様子で僕を見つめる。

だけど、それも一瞬のこと。すぐに挑むように視線を鋭くして、身を乗り出した。

「いいだろう。その第一歩とやら、貴様はどう実現するつもりだ？」

苛烈（かれつ）な紅蓮の双眸が、ひどく凶暴にギラリと光る。

「まさか、世迷いごとを吐き散らすだけで終わるつもりではあるまい？」

凄みのある声に、ヒヤリと背筋が冷える。

騰蛇を失望させた瞬間、僕の命は終わるだろう――。

短い言葉だったけれど、そう確信するには充分だった。

「もちろんです」

僕は大きく頷き、傍らの桐箱を引き寄せた。

「あなたを、一時的に僕の式神にします！」

「ッ……⁉」

予想だにしていなかった言葉なのだろう。騰蛇が息を呑み、大きく目を見開く。

そのまま一瞬絶句して――炎のような目を細めた。

「……俺を所有したいと？」

僕らを取り巻く空気が凍りついたように冷え、闇も不吉に粘度を増す。

僕は騰蛇を見つめたまま、首を横に振った。

「いいえ、そんなつもりはありません。ほかに手段があるなら、そちらにしていました」

冷や汗が背中を滑り落ちてゆく。正直、めちゃくちゃ怖い。騰蛇の気分次第で、僕の命は簡単に散るわけだから。

でも――ここで怯(ひる)んじゃ駄目だ。むしろ、笑ってやるぐらいの余裕を見せなくては。

心の駆け引きで、負けてたまるものか！

「僕は、あなたを自分のものにしたいわけじゃない。あなたを自由にしたいんだ。だから、ちゃんと言いましたよ？　一時的に、って」

僕は無理やり自分を奮い立たせて、太常ばりの『にっこり』をお見舞いしてやった。

「式神とする理由は、あなたの穢れを祓い、和魂に戻すためです」

「……！　俺を式神とすることではなく、式神としたことで得られる効果が目的だと？」

「はい、そのとおりです」

大きく頷くと、騰蛇が胡坐をかき、自身の膝に頬杖をつく。

蛇の目が、僕を探るように細くなる。

「……語るは簡単だが、貴様のゴミカスのような霊力でそれが成せるとでも？」

「もちろん、僕の力ではできるはずもないことです」

事実は事実としてちゃんと肯定して、僕は桐箱を開けた。

「ですから、時間をかけて準備しました」

そして、中に収められていたものを取り出し、騰蛇にも見えるように広げた。

「……！　それは……」

瞬間、騰蛇が大きく目を見開き、身を乗り出す。

「なんだ、その強い霊力は……！」

「伝説の大刀契――三公闘戦剣と日月護身剣を核に、古より鬼ノ城にて守り伝えられてきた温羅の製鉄技術でもって作り上げた呪具です」

艶めく絹の風呂敷の上に並ぶのは、バングルが二つに、バングル型のアンクレットが二つ、同じくバングル型のチョーカーが一つ、そして――拵えのない短刀が一口。

呪具なわけだし、デザイン性なんて皆無の武骨なものになるとばかり思っていたんだけど、できあがったそれはアクセサリーとして普通にお洒落なものだったから、少し驚いた。だけど、太常も四獣も、一目見た瞬間「これは……すごい……！」と呆然するぐらいには素晴らしい出来らしい。茨木童子は約束どおり、最高の仕事をしてくれたってわけだ。

「それに、十二天将が、五本の十握剣と百枚の和鏡を使い、十日もかけて術式を組み込み、強い加護を与えたものです」

騰蛇のために、みんな頑張ってくれた。

そのため、四獣も、太常も、精魂尽き果ててしまって、今は眠っている。おそらくはまだ僕に姿を見せてくれていないほかの者たちもそうだろう。

それは、眠りを必要としない神が眠らずにいられなくなるほどの重労働だったんだ。

そのかいあって、これほどのものはないと天之宮さまも太鼓判を押してくれた――特製だ。

「さらに体調を取り戻してから今日までの間、造化三神を祀る社にて、天之御中主神による十種の神宝を使っての祭祀で、この身を徹底的に清めると同時にしっかりと守りを固めて、ゴミカスレベルのなけなしの霊力を磨いて参りました」

「天之御中主神だと⁉」

騰蛇がギョッと身を弾かせて、叫ぶ。

「原初の神をも引っ張り出したというのか……？　馬鹿な……！」

信じられないとばかりに呟く螣蛇に、僕はさらに続けた。

「あなたが自ら首と四肢に呪具をはめ、力の一部を封じます。そして、僕があなたの心臓に短刀を突き差し、仮名を与える――。それで式神契約完了です。一定期間は、あなたの魂の安定のためにそのままでいていただきますが、安定したあとはいつでも解除に応じます」

「なっ……⁉」

それは、さらに驚愕する言葉だったらしい。

螣蛇は絶句して、まじまじと僕を凝視する。

「この俺を解き放つと言うのか⁉」

「ええ、最初からそう言っています。僕はあなたを所有したいわけじゃない。式神契約は、あくまであなたを自由にするための手段です」

「解き放てば、俺は屋敷には戻らぬぞ？　それでもか？」

「はい、そのつもりです」

にっこり笑顔で、大きく頷く。

螣蛇は理解できないといった様子で、眉を寄せた。

「この螣蛇の力をいらぬと言うのか……？」

「はい、必要ありません。この千年、あなたはただ閉じ込められていただけじゃないですか。何もしてない。してなくても、この国は存続してきた」

いや、何もしてないどころじゃない。思いっきり足を引っ張っていた。太常や大陰、六合、天后は、螣蛇を封じておくために常にその力を使ってなきゃならなかったんだから。さらに、たくさんの強力な道具を使ってもいた。

太常や大陰、六合、天后が力を国を守るためだけに使えていたなら——強力な道具たちもそのために使えていたなら、今と同じ状況にはなっていないはずだ。

「あなたがいなくても、なんとかなります」

むしろいないほうが、いろいろとスムーズに行く気がする。

まぁ、さすがにそうは言えないけれど。

言葉を選んでいても、それでも『いらない』なんて扱いを受けたことはなかったのだろう。

螣蛇がポカンと口を開ける。

そのまましばらく僕を見つめたあと、ひどく楽しげに顔を輝かせた。

「ははっ！」

そのまま天を仰いで、高らかに笑う。

「はははははははっ！」

でも、嫌な感じは一切しない。軽やかで、爽やかで、少年のように無邪気な笑い声だった。

……嘘だろ？　まさか、大笑いする螣蛇が見られるなんて。

「は、は……！　なるほどな！　面白い！　そうして言葉巧みに神を使ったか！」

「え？　使ったつもりはありませんよ。力を貸していただいただけです」

「貴様はそう言うだろうがな」

螣蛇はなおも肩を震わせながら、僕に視線を戻した。

「神を動かしたことには違いがない。なんと稀有な才か！　貴様はとてつもなく阿呆だが、無能とはほど遠いようだ！　――面白い！」

螣蛇がひどくご機嫌な様子で膝を叩く。

「これだけ待たせたあげく退屈させやがったら、ぶち殺してやろうと思っていたが……」

――あ、はい。それは伝わってました。途中までわりと殺す気満々でしたよね。

「想像以上だった」

「面白がっていただけてよかったです。でも、これで終わる気はありませんよ」

「そのようだ」

螣蛇がニヤリと口角を上げると、大きく身を乗り出した。

「聞かせろ！　貴様の『願い』とはなんだ？」

「っ……」

その問いに、しかし僕ははじめて言葉を詰まらせてしまった。

「そ、それは……えっと……」

「なんだ？　どうした。なぜ口ごもる？」

「ここで言わなきゃ駄目ですか？　ここではちょっと……」

もごもごと言うと、螣蛇が何を言っているんだとばかりに眉を寄せた。

「それを叶えてもらいに来たと聞いた気がするが？」

「言いました。でもここで、今すぐ叶えられるものではないんですよ。その第一歩としての式神契約を実現させる。それが、今回の僕の目的でした」

「俺を自由にすることも、願いの一つには違いないからということか？」

「ええ、僕の最終的な『願い』については、別の場所でお話しさせていただきたいです」

「……？　俺に話したくないのではなく、ここで口にするのが嫌なのか？」

「はい、屋敷のモノにはまだ知られたくありません」

僕は頷いた。

太常たちは寝ているけれど、大半の道具たちもまだ津山城にいるけれど、それでもここに何もいないわけじゃない。そもそも屋敷自体があやかしだしな。

「誰がどこで聞いているかわからないので……すみません」

「貴様は、その屋敷のモノを幸せにしたいのではなかったか？」

「はい、そのためにです。屋敷のモノたちを幸せにするために、まだ言えません」

順序やタイミングを間違えば、僕の『願い』はたちまち儚い夢となって消えてしまうから。

そこは慎重にいきたい。

「あの……言わなきゃ式神契約には応じていただけませんか？」

なんとか退屈させないようにはするから、ここで話すのだけは避けたいんだけど。

「……屋敷から離れて、屋敷のモノがいない場所でなら話すのか？」

「ええ、もちろん。こちらからお願いします。僕の話を聞いていただきたいです」

深々と頭を下げると「そういえば、以前来た時も話がしたいと言っていたな」と言って、立ち上がった。

「俺と話がしたいなどと、つくづく奇矯なヤツよ。——面白い」

くつくつと笑いながらゆったりと近づいてきて、すぐ目の前に立つ。

あえて顎を上げて——ひどく不遜な態度で僕を見下ろして、不敵に笑った。

「いいだろう、吉祥真備。貴様に従ってやろう！」

「っ……！」

ドクッと心臓が跳ねる。

僕は身を震わせ、地に額を擦りつけた。

「ありがとうございます！」

よし！　僕の命も僕の『願い』も次に繋がった！

グッと拳を握り締めて喜ぶ僕の前で、螣蛇がひょいッとバングルを持ち上げる。

「本当に、これほどのものを用意するとはな……見事だ」

「茨木童子と鬼ノ城の鬼たちが頑張ってくれました」

「そうか、上手く使ったのは神だけではなかったか」

「だから、力を貸してもらったんですよ」

「同じことだ」

螣蛇が左手首にバングルをはめる。

瞬間、バングルから光が溢れ、左手首に五芒星（ごぼうせい）を描く。

「ふん、そういうことか」

右手首、左足首、右足首とはめるたびに、呪具から光が溢れ、その場所に五芒星が輝く。

そして――そのまま首にも。全部で五ヶ所。五つの呪具からさらに五色の光が溢れ出し、
螣蛇の背丈ほどの五芒星が現れる。

「拵えのない短刀だ。自分を傷つけるなよ」

「はい、大丈夫です」

僕は短刀を握って、立ち上がった。

大きな五芒星が瞬く間に縮んで、螣蛇の心臓の上で光り輝く。

僕は深呼吸を一つ、短刀の切っ先をその五色の五芒星に当てた。

「……！　う、わ……！」

肉を切り裂く感触はしなかった。

力も必要ない。少し押すだけで、短刀がずぶずぶと呑み込まれてゆく。

本来なら鍔（つば）があるところまで埋め込んでから手を放すと、僕は数歩離れた。

「吉祥真備が、名を与える！　この仮名をもって――」

本来唱える言葉は、『服従すべし』だ。太常からはそう教わった。

でも、術式は呪具で完璧に発動している。ここで僕の唱える言葉はさほど重要じゃない。

何を言ったところで、それで揺らぐような術じゃない。

重要なのは、僕の名と螣蛇に与える仮名だけ。あとは僕自身の言葉でいいはずだ。

それなら、僕が螣蛇に望むことを！

「自身を取り戻せ！――火焔（ほむら）！」

短刀が身体の中にすべて沈み込み、それと同時に火柱が騰蛇の身体を包み込む。

あの日、屋敷を焼いたのと同じ――鮮やかな紅蓮の炎。

「っ……」

不思議なことに、触れられるほど近くにいるのに、熱さを感じない。

そのせいか、恐怖はまったく感じない。

ただただ、見惚れてしまう――。

「火焔……それが俺の名か」

まるで炎から生まれいずるように、火柱から騰蛇が姿を現す。

不吉な血の色だった髪は、より鮮やかな緋色に。燃え盛る炎のようだった双眸も、金色の火の粉をまき散らしているように輝きを増している。

その名のとおり、火焔そのもののような姿。

「……騰蛇の炎は衝撃でしたから」

あの光景は、一生忘れない。

僕の大切なものを――守りたいと思うものを無慈悲に呑み込んでゆくくせに、どこまでも鮮やかで美しかった。

仮名にするなら、あの闇を焦がす炎しかあり得ないと思った。

「気分はどうですか？」

「……悪くないな。身の内に巣食う濃い穢れを感じない」

「それはよかったです」

うんうんと頷くと、螣蛇がなんだか少し不満そうに眉を寄せた。

「……あまり遜るな。貴様はこれほどのことを成したんだ」

「無事成し遂げられたのは、神さまやあやかしたちの力ですよ？」

「だが、その神やあやかしを動かしたのは、間違いなく貴様だ。――誇れ」

金の輝きが混じった紅蓮の瞳が、僕を映して煌めく。

「それこそ、貴様がこれまで育んできた絆とやらの力だろうよ」

「っ……」

胸が熱くなる。

そう。縁を――絆を結ぶ力。それこそが僕の力だ。

「そうですね。そのとおりです」

大きく頷くと、螣蛇は楽しげに炎の双眸を細めた。

「誰にでもできることではない。謙遜も過ぎると嫌味だぞ。仮にも俺の主となったのだから、敬語もいらん。堂々としていろ」

「堂々と……」

「無礼だなどと怒ったりはしない。少なくとも、魂が安定するまでは殺す気はない」

——つまり、敬語をやめて主らしくしろってことでいいのかな？

「わかった。自分を下に置くことはしない」

対等であれることは、僕にとっても大歓迎だから。

「それでいい？」

「ああ、それでいい」

騰蛇は満足げに頷き、指先だけで軽く僕を手招いた。

「では、俺の隣にいろ。真備」

言われるままに近づくと、頭をガッとつかまれる。

「くれぐれも、離れるなよ！」

そして、そのままもう片方の手をまっすぐに天へと伸ばした。

瞬間、騰蛇の求めに応えるかのように新たな炎が生まれ、僕らを中心に渦を巻く。

「っ……⁉」

息を呑んだ瞬間、その炎たちは大蛇のように地を這い、瞬く間にあたりに燃え広がった。

「なっ……⁉」

黒靄の闇が、一瞬にして火の海になる。

僕は慌てて螣蛇の袿を引っ張った。

「と、螣蛇⁉　や、屋敷が……！」

「大丈夫だ。屋敷を焼いてはいない。火は悪鬼を滅し、穢れを浄める力を持つものだぞ？　知らんのか？」

「穢れを、浄化……えっ⁉」

こ、この穢れを、一人で浄化できるっていうのか⁉　力の一部を封じた状態で⁉

「ま、まさか！　だ、だって、十二天将でも……」

「ヤツらにできなかったのは、中心に俺がいたせいだ。そうでなかったらできていたさ」

螣蛇があっさりと言って、肩をすくめる。

その間にも、闇を焼く炎は勢いを増してゆく。

熱くないし、息苦しさも感じないけど、わざわざ離れるなって言ったってことは、普通に危ないんだよな？　これ。

「穢れを浄めたところで、穢れを吐き出し続ける俺をどうにもできなければ、徒労に終わる。そうだろう？」

「そ、そうだけど……」

でも、まだ、儀式を終えたばっかりなのに。

「騰蛇の身体に負担がかかったら……」

「力の一部を封じていても、これぐらい造作もない。俺は十二天将一の力を持つモノだぞ？　大丈夫だ。己が吐き散らしたものだ。俺が片づける」

そう言って、騰蛇は燃え盛る炎を見つめて、その双眸を好戦的に煌めかせた。

「まぁ、見ていろ」

炎が生きもののようにうねり、牙を剥き、闇に噛みつく。

そのまま喰らい、呑み込み、大きくなって、またうねる。

「……！　闇が……！」

闇の向こうに、景色が透けて見える。黒く焦げた瓦礫が。

「あの……闇が……本当に……？」

息を呑んだ瞬間、闇が細かい塵（ちり）となって消えた。

僕が呆然と呟いたのと同時に、騰蛇がさっと手を振る。

消えた闇を追いかけるように、闇をたらふく食った炎の群れも掻き消えた。

「――っ！　太常……！」

「主さま、お疲れさまでございました」

かつて二階文庫があったあたりに、太常たちが膝をつき、深々と頭を下げていた。

太常を筆頭に、その後ろに四獣――白虎・玄武・青龍・朱雀が横一列に並んでいる。

そしてさらにその後ろには、ぼんやりとそっぽを向いて座り込んでいる天空と、まだ僕が知らない神の姿があった。

「もしかして、大陰、六合、天后？」

「はい、そのとおりでございます」

十七歳から十八歳ぐらいの外見の男神（おがみ）が顔を上げ、ふわりと微笑んだ。

「ご挨拶が遅れて申し訳ありません。私は六合」

少し目尻が下がった穏やかな双眸は、綺麗な緑。髪は少し緑みがかった白で、ふんわりとゆるやかに波打つそれをポニーテールにまとめている。

顔立ちはものすごく柔和。草食系男子というか、最近はジェンダーレス男子というのか、男臭さがなく、性別を感じさせない顔立ちだ。印象が天之宮さまと少し被る。

すっきりとした白の着物に指貫（さしぬき）に浅沓（あさぐつ）。数枚重ねた袷（あわせ）を羽織っている。

幽世の町の書林の店主の言葉を思い出す。

『東を守護する吉将――六合。象意は交際、和睦（わぼく）、和合、仲介者、平和、盟友など。非常に穏やかな神にございます』

「和睦の和合、平和、仲介者……だっけ？」

「はい、そのとおりです。よくご存じで。ですから、心を繋ぐことに重きを置く主さまとは、ずっと話してみたいと思っていました」

「え？　本当？　嬉しいな」

「今まで挨拶を遅れてしまったのは、主さまを認めないといった意思表示ではございません。私はその、要領が悪いものですから……その……」

申し訳なさそうに俯いて小さな声でモゴモゴと呟く六合に、隣の幼女が言葉を被せる。

「非力ゆえ騰蛇の結界の一部を担うだけで精いっぱいで、ほとんど部屋に籠(こも)っていたのじゃ。許してやってくれ」

「た、大陰……」

大陰と呼ばれた幼女は、書林の店主が『女童(めのわらわ)の姿をしております』と言っていたとおり、そのまま平安時代の女童だった。歳のころは四～五歳といったところ。華より少し幼い感じ。ただし髪は白で、目は水色と黒のオッドアイ。サイドの髪はゆったりと結って金の鈴を飾り、背中はゆったりと流している。

書林の店主によれば、『西を守護する吉将です。象意は精錬、静香、清貧、神職、正直』だったはずだ。

「ちなみにわしは、おぬしを認める気がなくて挨拶せなんだほうじゃ。おぬしを閉じ込めて遊んだりもしたのう」

「えっ⁉」

閉じ込めてって……屋敷の中で迷子にさせられたヤツか⁉

「あれ、お前か！」

「そうだ！　わしが主導した！」

正直か！　あれ、完全にトラウマになってんだぞ！　前鬼後鬼との命をかけた鬼ごっこ！デッド・オア・アライブ！

呆気にとられていると幼女——大陰はカラカラと笑った。

「まぁ、過ぎたことじゃ。許せ」

「軽っ……！」

一発でいい！　思いっきり殴りたい！　見た目幼女だけど、構うもんか！

「だが、認めることにしよう、主よ。騰蛇をもとに戻したのじゃ、認めぬわけにはいかぬ。のう？　天后」

「……そうね。これだけのことをされてしまってはね」

大陰の隣の妖艶な美女が、赤い唇を綻ばせる。

たしか、『北西を守護する吉将――天后。象意は女性、妻、愛人、気品、優雅さ、淫乱。天上聖母の別名で知られ、多くの女神の長』だったか。

優しい母、貞淑な妻、清廉な淑女、可憐な少女、淫乱な遊女――さまざまな印象を受ける。

僕とさほど変わらないか少しお姉さんといった年齢で、おそらくは身長よりも長い豊かな髪を美しく結っている。ゲームか何かのキャラのような、平安時代にこんなのなかったろとツッコミたくなるような、腹出しの白拍子の衣装を着ている。

「認めざるを得ないわ。安倍晴明以外の主など認めるものかと思っていたけれど」

天后は困ったような、それでいてどこか嬉しいような複雑な顔をしてそっと息をついた。

「でも、こういう負けは悪くないわ。むしろ、とてもいい気分」

「……そう言ってもらえて、僕も嬉しいよ」

太常、白虎、玄武、青龍、朱雀、六合、大陰、天后、天空――そして騰蛇。全部で十柱。今、屋敷にいる十二天将すべてに認められることができた。

太常を見ると、彼はひどく満足げに笑って、深々と頭を下げた。

「では――我ら十二天将」

騰蛇と天空以外の神々も、それに倣う。

「あらためて、主にお仕えいたします」

「っ……！」

胸が苦しいほど熱くなる。

目の前の光景が、心から嬉しい。

太常はもう一人で頑張らなくていい。僕が認めてもらえたことで、十二天将が同じ方向を見ることができた。これからはみんなと協力し合うことができる。

それが、何よりも——震えるほど嬉しい！

ああ、頑張ったかいがあった！　この光景一つで、すべての苦労が報われる……！

「ありがとうっ……！」

心から、認めてくれてありがとう。

僕は安倍晴明にはなれないし、なる気もないけれど、それでも僕なりに頑張っていくから。

きっと、みんなを幸せにしてみせるから。

そして、僕の『願い』も叶えてみせるから。

誰もが笑顔になれる結末に、たどり着いてみせるから。

だから、どうか——ついて来てほしい。その力を貸してほしい。

主としての威厳も何もないけれど、僕もまた深々と頭を下げた。

「これから、どうぞよろしくお願いいたします！」

強大な力を持つ——僕の神さまたち。

3

「青い空！　青い海ーっ！」

岡山県瀬戸内市牛窓——。

古より、西国航路の風待ち、潮待ちの港として栄え、江戸時代には、参勤交代などの寄港地として『牛窓千軒』と言われるほど繁栄した町。

今は『日本のエーゲ海』と称され、まるで日本ではないような美しい海と、反対にこれぞ日本といったノスタルジックな古い町並みなどが同時に楽しめる。

「暑っつ……！」

抜けるほど高い青空に、ギラギラと容赦なく照りつける太陽、もくもくとした白い入道雲。

見渡す限り広がる青い大海原も最高だけれど、たくさんの島々が点在する多島海も格別だ。

まるで町を海岸線に追いやっているような、海のすぐ傍まで迫る山々も濃く萌えていて、これぞ夏といった景色だ。

ここは、海岸線から十分少々の高台に広がるオリーブ畑。園内にあるオリーブのショップには展望台があり、この魅力的な景色を一望できる。

展望台の下のカフェでは、少し珍しくて最高に美味しい珈琲(コーヒー)やドリンクを楽しめるほか、古代ローマの神殿を思わせる『ローマの丘』や『幸福の鐘』など、園内は見どころ多数だ。

「何時間でも見てられる景色だけど、その前に干上がるな……」

暑い！　とにかく暑い！

体調を取り戻すのと、螣蛇を式神化する準備で七月は瞬く間に過ぎ去って、季節は八月。二十四節季でいうと、大暑の季節。『暑気いたりつまりたるゆえんなれば也』――つまり、暑さが最高潮に達してる季節とのこと。昔の人はよく言ったもんだと思うけど、正直言って二十四節季が作られたころと今とでは暑さのレベルが違う。

そもそも昔は、気象用語だって『夏日』『真夏日』って言葉しかなかったんだからな。その『真夏日』ですら、連日連夜って話ではなかった。なのに、今はどうよ？『猛暑』『酷暑』って言葉もできて、『真夏日』の気温になんか、下手すりゃ四月・五月に到達する。え？おかしくない？

遮るもののない大パノラマの景色は惜しいけれど、下のカフェに避難したい。そこからも景色は見えるから、そっちでくつろごう。

「騰……火焔」

「ん？　なんだ、大汗かいて」

僕の隣でぼーっと海を見ていた男が、僕を見下ろして面白そうに目を細める。

瞬間、少し遠くで「きゃーっ！」という黄色い悲鳴が上がった。

「…………」

太常が『鴨方さん』になるみたいなことは、火焔は不得手らしい。だから、華の方法――人間にはないものを消して人間に認識できる姿になるほうを選んだんだけど、それはつまり赤毛の人間離れした超絶美形ができあがるわけで、目立つ目立つ……。

朔に服のコーディネイトを任せたら、これまた黒の細身のアンクルパンツに、白で無地のドレープTシャツ、呪具と合わせたさりげない革とシルバーアクセサリー使いなんていう、「本気のデート服か！」ってツッコミたくなるようなことをされて、さらに拍車がかかり。

そんな――一目見た瞬間トップモデルがチビッて白旗上げるレベルの芸術的イケメンが、これまた神がかり的な金髪の美少女を連れているわけだから、マジで目立つどころじゃない。行く先々で人々の視線を根こそぎ奪ってゆく感じ。

気にしないようにしてるけど、今も美しい『日本のエーゲ海』の景色なんてそっちのけで火焔と華を見ている人の多さといったら。

僕はやれやれと息をついて、階段の方向を親指で示した。

「熱中症になりそうだから、下のカフェに移動しない？」

「はっ⁉　まだ飲み食いするつもりか、貴様」

火焔がギョッと目を見開いて、まじまじと僕を見つめる。

「朝、屋敷を出てから二刻も経たないうちに、どれだけ食えば気が済むんだ」

「え？　そんなに食べたかな？　ドライブのおともにって、鴨方駅前で岡山県民おなじみのオレンジクリームとバナナクリームのパンを三つずつと水ようかんを六つ買って、食って、高速降りて岡山市内入ってから、有名な萌え断フルーツサンドの店に寄って、十種類全部と華用に別に二つ買って、食って、ここについてからジェラートのダブルコーンを二つ……」

あとは、アイスコーヒーとペットボトルのお茶ぐらいだろ？

「え？　全然余裕なんだけど……」

「……貴様がおかしいのは、頭だけじゃなかったのか」

ひどく哀れなモノを見る目をして、火焔がため息をつく。

「人間はそのように食うものではないだろう？　それとも千年の間に変わったのか？」

「いや、僕も食事はそんなに食べないよ」

牛丼の並盛がちょっと多いなって感じ。最後の二口だけが余計っていうか。

「それは食事ではないのか？」

「食事じゃない。スイーツは別腹」

きっぱり言うと、火焔が僕のお腹あたりを見る。

「とてもそうは思えんが……」

「いつもから考えたら、少ないぐらいだよな？　華」

「そうじゃな。今日はわりと控えめじゃ。ずっと車を運転しておったからかのう」

あ、そうだな。朔に運転させてたら、この一・五倍は食べてたな。

「異常に慣れるな、狐」

「華、じゃ！　いいかげん覚えよ！　汝の名も呼んでやらんぞ！」

華がぶぅっと膨れて、火焔の腰をぽこぽこ殴る。

「名を覚えるのは苦手なんだ。名を呼び合うような相手もいなかったしな」

「苦手でも、覚えよ！　華以外ではもう返事をしてやらんからな！」

「わかったわかった。そうキーキー怒るな」

火焔が降参だとばかりに肩をすくめて、華の頭をぐりぐり撫でる。

その微笑ましい光景に、展望台はほっこりため息の嵐だ。

「とにかく、人間は汗をダラダラかいて水分補給もしないと死んじゃう生きものだから」

「そうなのか？」

「ちなみに、糖分もエネルギーとして重要だから」

「そんなに摂取しなきゃ動かない脳と身体なら、貴様は実はポンコツなのではないか？」

なんとでも言え。どんなに変人扱いされようと、スイーツをたらふく食うことだけはやめないぞ。」

この身に振りかかったすべての『不惯』をスイーツで癒してるんだから、それをやめたら僕は死ぬ。間違いなく死ぬ。例外なく死ぬ。

むしろ、今まで生きてこられたのはスイーツのおかげだと言っても過言ではない。

下のカフェに移動し、飲みものと僕用のスイーツを注文して、窓際の席に陣取る。

「あー……涼しい。生き返る……」

タオルで汗を拭って、ほっと一息つく。

窓越しでも、牛窓の景色はとても美しい。

「旅行は一泊二日じゃったか？」

華が運ばれてきたミックスジュースを引き寄せて、僕を見る。

「牛窓ではね？　そう。そのあと東京に戻って、五日間は完全にフリー。その七日の間に、屋敷の修復を完了させて、津山城の道具たちを移動させるってさ」

「たった七日で終わるのか？　屋敷が燃えてから螣蛇を式神化する儀式の準備が整うまでの一ヶ月近く、あまり直っているように見えなんだが」

「訊いたら、それはうわものを直してないだけで、迷い家が負ったダメージはこの一ヶ月でほぼもとどおりになったたってさ」

「うわもの？」

「建物の部分。だから、華でいうとこの服？」

僕は華の白いワンピースの袖をチョンと引っ張った。

「わかりやすく華で説明すると、今回迷い家が受けた被害は、このワンピースを燃やされてボロボロにされて、華自身も大火傷（おおやけど）を負ったたって感じかな。で、このワンピースを直すにも力がいるから、とりあえずそれは一旦置いておいて、先に集中して大火傷のほうを治してたってこと。だからあとはワンピースを直すだけだから、一週間で足りるって」

「なるほどのぅ。でもそれなら、東京の家で一週間ダラダラ過ごすのでは駄目だったのか？　ヌシさまはスイーツのために出歩くだけで、実は……ええと……」

華が少し考えて、「そうじゃ、いんどあ派じゃ！」と手を叩く。

「暑いのも苦手なんじゃし、そうしてもよかったのではないか？」

「華の言うとおりなんだけど……」

それはそれで、休みの満喫方法としてはめちゃくちゃ正しいと思うんだけど。

「でも、太常が『しばらくお休みしては？』なんて言い出すとか二度とないだろうからさ、しかも金まで出してくれるって言うし、ここは堪能しとかないと！」

「それはたしかに！」

拳を握ってそう言うと、華が全力で頷く。なんと、火焔も。

貧乏性だって言われても、それだけの条件が揃っているのに家でダラダラと過ごすなんてもったいないが過ぎるだろう！　あの太常だぞ⁉

「あとは、火焔に綺麗なものを見せてやりたかったんだよ。千年、暗闇の中にいたからさ。あの深い闇から出てまず七日間も僕の家に缶詰めだなんて、可哀想だろ？」

「それは……まぁ、そうじゃな」

力強く同意するのは悪いと思ったのか、華が下を向いてモゴモゴと言う。いや、いいよ？思いっきり頷いてくれても。あの家を愛しまくっている僕ですらそう思うんだから。

「それに、太常が休めって言い出したのって、火焔のためもあると思うんだよ」

「火焔のため？」

「まさか。アレがそんなタマか」

「いや、僕へのご褒美みたいに言ってたけど、絶対にそうだよ」

大家は生かさず殺さずを信条としているんだぞ？　騰蛇の式神化に成功したご褒美なんて発想がまず出てくるかどうか。『では、その力でより頑張っていただきましょう！』なんて平気で言うよ。すこぶる笑顔で言うよ。そういうヤツだよ。太常は！

騰蛇が戻ったのが、本当に嬉しかったんだと思う。

そして、あの屋敷から――あるいは阿部山から出たことがなかった神さまや道具たちが、幽世の津山城から望む現世の津山の街を肴に、ひどく楽しそうに酒を呑んでいたのを見て、きっと思ったんだよ。騰蛇にもこの国を見せてあげたいって。

「……どうだかな」

火焔が、興味なさげに肩をすくめる。

「まぁ、それは僕の想像だけどね。とにかく、僕が火焔に綺麗なものを見せたかったから、この旅行を計画したんだよ」

行き先を牛窓に決めたのも、僕。

絶景ってだけなら、ほかにもいろいろ選択肢はあったと思う。時間もお金も気にしなくていいわけだし。目的は『綺麗なものを見せる』だから、別に岡山にこだわる必要もない。

でも、僕は、牛窓の景色を華と火焔と一緒に見たかった。

自然だけじゃない。自然と人の営みが織り成すこの景色を。

僕自身、牛窓に足を踏み入れたのはこれがはじめてだ。

でも、友人の遠坂晃が瀬戸内市に親戚がいるそうで、三年前に彼女と牛窓に旅行に行って、その直後に彼女にフラれたと嘆いていた。

『本物のエーゲ海みたいなオシャレ～なのを期待してたんだと』

予約したホテルが、本物のエーゲ海のように白と青を基調とした美しいところだったのも、きっと拍車をかけたのだと思う。

そのホテルと、オリーブ園からの景色とヴィーナスロードにはうっとりしてくれたけれど、そこで終わり。

牛窓が港町として栄えた江戸時代から昭和三十年ごろの面影を残す風情溢れる町並みや、あちこちに残るモダンでノスタルジックな洋風建築、かつてバブル期にリゾート開発され、廃業後に排水が行われなくなって雨水が溜まり、水没してしまった水没ペンション村などは、どうやらお気に召さなかったらしい。

彼女が途中からあからさまに不機嫌そうにしていることには気づいていたものの、帰りの新幹線の中で、大きなため息とともに「本当にこれで女の子が喜ぶと思ったの？　だったら私、晃くんとは合わないみたい」と言われたそうだ。

それを聞いた時は、その彼女を殴ってやろうかと思ったよ！

そりゃ、SNS映えする今をときめく感じのオシャレさには欠けるかもしれないけれど、それとは別の魅力に溢れてんだろ！　――いや、そんなこともないぞ！　多島海の絶景に、ヴィーナスロード、オリーブ園の幸福の鐘に海ほたると、オシャレでロマンチックなものもがっつりあるうえで、それ以外の魅力も持ち合わせているんだ！　お前の目は節穴かよ！と声を大にして言いたい！

僕自身は、晃が見せてくれた写真に、ひどく魅了された。

いつか訪れたいと、心から思っていた。

「…………」

火焔が、ずっと海を見つめている。

地上に出た時から、ずっとこうだった。鴨方の田園風景を、高速道路を、岡山の市街地を、牛窓の港町を、海を――ひどくもの珍しそうに。

そりゃ、火焔が知る日本は、平安時代のそれだ。様変わりしているどころの話じゃない。まったく別の世界と言っても過言ではないだろう。

生きることにも飽くというひどい飽き性の火焔が、いつまでもいつまでも飽きることなく見ている――。

それだけで、火焔が闇に囚われていた時間の長さがわかるというものだった。

芳しい珈琲の香りに、窓の外には美しい景色。

沈黙が苦にならない、ゆったりとした穏やかな時間。

ああ、なんて贅沢なんだろう。

「火焔とこんなふうに過ごせる日が来るなんてな……」

幸せを噛み締めるように呟くと、火焔が目を細める。

本当に『綻ぶ』と表現するに相応しい笑みに、胸が熱くなった。

「……このあとはなんだったか」

「海側に移動して、まずは昼食にエビメシ食って、古き良き日本といったノスタルジックな町並みを歩いて、そのあとは水没ペンション村までちょっとドライブかな。退廃的な景色を存分に楽しんだら戻ってきて、ホテルにチェックイン。そのあとはヴィーナスロードの予定。ホテルで夕食を満喫したら、海ほたるかな」

「……なんだか忙しないな」

「いや、そう聞こえるかもしれないけど、距離が近いから実はめちゃくちゃゆったりだよ。大丈夫。スケジュールに追われるのは、僕も苦手だから」

「というか、昼食だと？　まだ食うつもりか、貴様」

「いけないか？　美味い店があるんだよ、牛窓には」

それは、食べなきゃだろう！『粋』で習った味との違いも知りたいしな！

拳を握って力説すると、火焔はやれやれと息をついて優しく目を細めた。

「本当に貴様は……おかしなヤツめ」

4

「赤だ……」

火焔が呆然と呟く。

空も、雲も、海も、火焔の瞳のような――金を混ぜた茜に染まる。

そして山々は黒々と影を濃くし、その炎と闇が織り成すこの世の終末のような壮絶な美が、見る者を虜にする。

まるで、最期の命の輝きを見ているようだ。

「すごい……！」

僕らは立ち尽くしたまま、世界を焦がす赤を見つめた。

「なんて……美しい……！」

瀬戸内市は牛窓沖――フェリーで五分ほどのところに、前島（まえじま）という島がある。

島全体が国立公園に指定されていて、海水浴など夏のレジャーのほか、シーカヤックなどマリンレジャーや遊歩道、サイクリングコースなどが整備された、若者に人気のアウトドアスポットだ。

その前島の傍に浮かぶ黒島（くろしま）・中ノ小島（なかのこじま）・端ノ小島（はしのこじま）は、潮がよく引く日の干潮時に島を繋ぐ砂の道が現れ、歩いて渡ることができる。それが『黒島ヴィーナスロード』だ。

潮の満ち引きによって消えたり現れたりする道はとても神秘的で、もちろんとても映える。

さらに中ノ小島には『女神の心』と呼ばれるハート型の石があり、それを見つけて触れると恋愛成就に効果があるといういわれから、女性に人気のパワースポットとしても名高い。

あたり一帯は『日本の夕陽百選』にも選ばれていて、茜色に染まるヴィーナスロードは、もうロマンチックどころの話じゃない。恋人たちには大人気なのも頷ける。

まぁ、僕は、恋人ではなく野郎の神さまと少女の神さまと一緒に来ているのだけれど。

「…………」

ヒラリと緋色の髪が風に躍る。

火焔は呆然と立ち尽くしたまま、動かない。

世界を染める赤を、ただただじっと見つめている。

「終焉なのにな……」

海水をばちゃばちゃやって遊んでいた華が、手を止めてポツリと言う。

「え……？」

「たしかに終焉であるはずなのに、誰も絶望せぬ。それどころか、美しさに感動までする。なぜなのかと思ってな」

華が僕に駆け寄ってきて、小さな手で僕のTシャツを引っ張った。

「……明日が来るとわかってるからだろ？　これで終わりじゃないから」

明日の朝が来ないと決まっていたら——あるいは来るかどうかわからない状態だったら、景色を楽しむ余裕なんてない。どれだけ美しくても、感動することはあり得ないだろう。

「そうじゃ。希望に満ちた終焉だからこそ、美しいと思う。心を動かされるのじゃ」

そう言って——華は僕を見上げると、その金色に輝く獣の目を細めた。

「それこそ、ヌシさまが手に入れようとしておるものじゃの」

「……！」

その言葉に、思わず目を見開く。

僕は笑って頷いて、華の手をしっかりと握った。

「そのとおりだ」

僕はこの『終焉』が欲しい。誰もが幸せな気持ちで、感動を覚えることができる『終焉』。

未来への希望に満ち溢れ、期待に心が躍る——美しい美しい『終焉』が。

「火焔……」

小さく呼びかけると、火焔が振り返る。

僕は夕焼けに負けず赤々と燃える双眸をまっすぐに見つめて、それを告げた。

「僕は、あの屋敷をなくしたい」

「っ……!?」

瞬間、その目が大きく見開かれる。

火焔は息を呑み、潮風に髪を揺らして僕に向き直った。

「まさか……それが、貴様の『願い』なのか……？」

「そう。それが、僕の『願い』——僕が目指すものだ」

だからこそ、あの屋敷では言えなかった。

頷くと、火焔は思わずといった様子で絶句した。

「まさか……。それは主が願うことではないだろう？　俺のような、あの屋敷を疎むモノが、怒りや恨みとともに抱く思いで……」

「そうとも限らないよ。少なくとも、僕は主だからこそ願うようになったんだ」

そして、怒りや恨みからじゃない。ほとんど真逆の感情に端を発している。

「僕はね、火焔。屋敷の神さまや道具たちだけが割を食ってんのが、許せないんだ」

屋敷の神さまや道具たちが好きだから。大切だから。幸せになってほしいから。

だから、彼らが日本の命運を背負わされていることが、どうしても許せない。

「もちろん、国が滅びてしまうのは困る。それは絶対に避けなきゃいけない」

国を守りながら、屋敷の神さまや道具たちをも幸せにできないだろうか。

「ずっと……考えてたんだ。一ヵ月ぐらい前に、天之宮さまにも訊いたよ」

僕は天之宮さまにぶつけた言葉を、正確に繰り返した。

『あの屋敷はなくてはなりませんか？』

『あの屋敷がなくなったら、本当にこの国は滅んでしまうんですか？　この国には、あなたをはじめとする八百万の神がいるのに？』

『そんなことないでしょう？　ないのはノウハウのほうなんじゃないですか？』

『たとえば、安倍晴明が遺した術式と八百万の神さまの力とさまざまな道具を組み合わせて、国を守るためのシステムさえ構築してしまえば、あの屋敷がなくてもこの国を守れるんじゃないですか？』

「っ……それは……」

「この国はもう、安倍晴明が知るそれじゃない。だから、違うやり方が絶対にあるはずだ」

国が変われば、守り方も変わるのが当たり前じゃないか。

それでもいまだに千年以上昔のやり方が通用しているのは、安倍晴明はもちろんだけど、それ以上に屋敷の神さまと道具たちが優秀だったからだと思う。

太常が、必死に頑張ってきたから。

「今日、いろいろと見ただろう？　岡山の市街地を。高速道路を。わざわざ岡山駅に寄って、新幹線や在来線や線路も。ドライブルート上の社寺もいくつか紹介したし、オリーブ園では古墳がたくさんあることも教えた」

道路や線路は日本列島を縦横無尽に走っていること。

土地のシンボルとなる高い建造物もどこにでもあること。

さまざまな神を祀る社寺も日本全国に点在していること。無人の小さな社まで数えたら、とんでもない数になること。

それ以外にも、この日本にはパワースポットとして信仰を集める場所が数多く在ること。

話のついでに、日本の結界として有名な都市伝説なんかも話した。山手線の鉄の結界に、東京タワーの裏鬼門封じ、平将門（たいらのまさかど）の北斗七星、富士山レイライン、そして天海（てんかい）の鬼門封じ、京都五芒星、関西五芒星など。

「……そうだな。いろいろ見たし、いろいろ聞いた」

「安倍晴明の時代にはなかったものがそれだけあって、さらには八百万の神がいるんだぞ？　できないほうがおかしいと思わないか？」

幽世の屋敷――あるいは阿部山から出られず、ほとんど平安時代の知識しかない神さまと、だいたい平安時代までに作られた道具たち、総数千弱にできることなんだぞ？

「……理屈としてはそうかもしれないが……」

「……わかるよ。今は何をどうしたらいいかわからない。雲をつかむような話だって」

でも――。

僕は戸惑いの表情を浮かべる火焔を見つめて、きっぱりと言った。

「たくさんの知恵を寄せ集め、ありとあらゆる手を尽くせば、霊力ゴミカスの人間にだって安倍晴明と同じことができるんだ！」

太常と同じものを目指して走ることが、騰蛇を自身の式神にすることが、十二天将と心を通わせることだって、できるんだよ！

「っ……」

「不可能なんてない。僕にそう信じさせてくれたのは、ほかならない屋敷のモノたちだ！」

そして、僕とかかわってくれた神さまやあやかしたちだ。

「みんなが……大切なんだ……！」

　太常に脅迫されて、無理やり主にさせられて、そうしてはじまった関係ではあるけれど、もうかけがえのないものになったんだ！

「国は守りたいよ！　でも、みんなも守りたいんだ！　僕にとっては、国を守れたとしても、それがみんなの犠牲の上に成り立っていたら意味がないんだ！」

　国の繁栄と、みんなの幸福は、両立させなきゃ意味がない！

「贅沢だな……」

「贅沢でいいだろ。夢が小さくまとまってどうするんだよ？」

　夢はでっかく、目標は高く。それでいいんだよ。

　僕には、頼もしい仲間たちがいるんだから。

「屋敷を疎む気持ちからでもいい。怒りや恨みからでもいい。どうか僕に力を貸してほしい。あの屋敷をなくすために、協力してほしい。火焰」

「…………」

　火焰が無言のまま、夕焼けに視線を戻した。

　刻々と、赤い輝きが下がってゆく。山肌はその闇を深め、空は端からゆっくりとその色を薄紫に変えてゆく。

静かだった。人の声がしないわけではないけれど、とても遠くて気にならない。夕焼けのヴィーナスロードを堪能しに来た人は僕らのほかにもたくさんいたけれど、みんな中ノ小島・端ノ小島のほうまで行っていて、すでに近くには誰もいないからだろう。

代わりに、重なり合う波の音が僕らを抱く。

しばらくそのまま燃える空を見つめたあと、火焔がぽつりと呟いた。

「……なぜ、太常に話さない？」

「え……？」

なんのことかと目を見開くと、火焔がこちらに視線を戻す。

「屋敷のモノにはまだ話せないと言っていただろう？　まだ天之宮さまと華と火焔しか知らないことだ」

「あ、そういうことか。――そうだね、まだ天之宮さまと華と火焔しか知らないことだ」

僕は少し考えて、不安をそのまま口にした。

「踏みつけたくないから、かな」

「踏みつけたくない？」

「そう。アイツが、今まで一人でどれだけ頑張ってきたか、戦ってきたかを知ってるから。その想いを、願いを、祈りを、努力を踏みつけることなく、泥で汚すことなく、伝えられる自信がない」

「ずっと言わないつもりか？」

「まさか。そんなことはしないよ。アイツをもう一人にはしないって決めたんだ」

一人で頑張らせることはしないって。

「ちゃんと言うよ。実際、アイツの知識は『願い』を叶えるのに必要不可欠だと思うしね。今、どう伝えるか考えてるところだ」

絶対に傷つけたくないし、否定したくないから、慎重になっているだけだ。

今まで一人で必死に頑張ってきたアイツこそ、一番に幸せになってほしいと思ってる。

だから――ちゃんと伝える。

「太常は、人のために在りたい神さまだから」

定められた道ではなく、自分の意思でがむしゃらに進みたいと願う神さまだから。

「この国がさらに千年繁栄するためには、あの屋敷の神さまと道具たちだけじゃ足りない。日本の国土すべて使って、さまざまな自然物も建造物もすべて使って、八百万の神さまにも協力してもらって、新たな守護を作り上げる。――これってさ」

僕はパチンと手を合わせて、にっこりと笑った。

「とんでもなく難しくて、だけど間違いなくこれまで以上に人の――そして国のためになる、めちゃくちゃやりがいのあることだと思わないか？」

そのために思う存分力を尽くせるのは、絶対に幸せなことだろう？

その言葉に、火焔が目を細める。

「アイツの『願い』と僕の『願い』は、両立できることだ。だからこそ、伝え方を間違えて拗らせたくないんだ」

「だから、慎重になっているということか。……なるほどな」

鮮やかな緋色の髪が、風に翻る。

火焔がゆったりと近づいてきて、僕の前に立った。

「話すつもりがあるのなら、何も言うことはない。俺とはまた種類が違うが、アレはアレで安倍晴明に深く囚われ過ぎている……哀れなヤツだ」

紅蓮の炎のような双眸が、わずかに痛ましげに揺れる。

「アレも、自由にしてやってくれ。真備」

「言われなくても、そのつもりだよ」

僕はその視線をまっすぐ受け止めて、首を縦に振った。

「そのためにも、僕に力を貸してほしい。火焔」

ともに、この途方もない『願い』を——夢を追ってほしい。

「——わかった」

火焔は目を細めて頷くと、僕の前に片膝をついて頭を下げた。

「では、しばらくは貴様のために在ろう。——我が主よ」

「っ……」

その言葉に胸が熱くなる。

僕は噛み締めるように「ありがとう……！」と言って、火焔の前に手を差し出した。

「でも、主はやめてくれ。今までどおり真備でいい。そのほうが嬉しい」

自分を下に置くつもりはないと言ったけれど、上に立つつもりもない。

できれば、どこまでも対等でありたい。

その言葉に、火焔がさらに面白そうに笑って、僕の手をつかんだ。

「では、そうしよう」

火焔が立ち上がったのを確認して、華が駆け寄ってきて僕の手を引いた。

「先のほうまで行っていた人々が戻ってくるようだぞ。ヌシさま。そろそろ迎えの船が来るころかの？」

「あ、そうかも」

「では、帰ろう。ヌシさま。このあとは夕食じゃろう？」

「そうだな～。腹減ったし」

その言葉に、火焔が「結局、一日中食べっぱなしではないか……」とため息をつく。

「食事のあとは海ほたるじゃの！　ああ、楽しみじゃ！　火焔もであろ？」

華が無邪気に火焔の手も引く。

しかし火焔は、よく意味がわからないといった様子で首を傾げた。

「いや、昼間から気になってたんだが……海ほたるってなんだ？　知らないんだが……」

あれ？　説明してなかったっけ？

「夜の海岸の波打ち際で見られるホタルっぽいものだよ。ホタルは知ってるだろ？　たしか、海ほたるは虫じゃなくて甲殻類だったかな？　貝みたいなやつ。神秘的で幻想的な青白い光を放って、ホタルっていうより波打ち際に広がる星空みたいな感じで、めちゃくちゃ綺麗らしいよ」

「へぇ？」

「もちろん、火焔も一緒に見るであろ？　見るよな？」

NOと言わせるもんかとばかりに、華がさらに火焔の腕をぐいぐい引っ張る。

「……そうだな」

華の小さな手を握り返して、火焔が優しく微笑む。

「部屋で寝たいと言ったら、またキーキー怒られそうだ」

「当たり前じゃろう？　ヌシさまと我と汝はもう一心同体なのだからな！」

華の明るい笑顔に、火焔の穏やかな微笑みに、自然と唇が綻ぶ。

山に身を隠そうとする太陽を追いかけて、夜の帳が世界を覆ってゆく。

それでも光を失わない希望に、望む未来に繋がる明日に向かって歩いてゆく。

頼もしい仲間と、笑い合いながら。


さぁ、壮大な夢を見よう。

みんなが幸せになる夢を。

優しい、優しい、終焉の夢を――。

桔梗楓

kikyo kaede

ぽんこつ陰陽師あやかし縁起

京都木屋町通りの神隠しと暗躍の鬼

凸凹陰陽師コンビが
京都の闇を追う!

「俺は、話を聞いてやることしかできない、へっぽこ陰陽師だ――。」『陰陽師』など物語の中の存在に過ぎない、現代日本。駒田成喜は、陰陽師の家系に生まれながらも、ライターとして生活していた。そんなある日、取材旅行で訪れた京都で、巷を賑わせる連続行方不明事件に人外が関わっていることを知る。そして、成喜の唯一の使い魔である氷鬼や、偶然出会った地元の刑事にしてエリート陰陽師である鴨怜治と、事件解決に乗り出すのだが……

◉定価:726円(10%税込)　◉ISBN:978-4-434-28986-6

◉Illustration:くにみつ

恋文やしろのお猫様
～神社カフェ桜見席のあやかしさん～

織部ソマリ

きまじめ　気ままな
女子×妖
一歩ずつ近づく不器用なふたりの
異類恋愛譚

緑結びのご利益のある『恋文やしろ』。元OLのさくらはその隣で、奉納恋文をしたためるための小さなカフェを開くことになった。そしてそこで、千年間恋文を神様に配達している美しいあやかし——お猫様と出会う。彼と共に人々の恋を見守るうち、二人はゆっくりと恋の縁に手繰り寄せられていき——

◉定価：726円（10%税込）　◉ISBN:978-4-434-28791-6

◉Illustration：細居美恵子

この世界で僕だけが透明の色を知っている

糸烏 四季乃
itou shikino

アルファポリス
第3回ライト文芸大賞
切ない別れ賞
受賞作品

どうか、消えないで——

儚くも温かいラストが胸を刺す
珠玉の青春ストーリー

桧山蓮はある日、幼なじみの茅部美晴が、教室の窓ガラスを割る場面を目撃する。驚いた蓮が声をかけると美晴は目に涙を浮かべて言った——私が見えるの？
彼女は、徐々に周りから認識されなくなる「透明病」を患っているらしい。蓮は美晴を救うため解決の糸口を探るが彼女の透明化は止まらない。絶望的な状況の中、蓮が出した答えとは……？

◉定価：726円（10％税込）　◉ISBN:978-4-434-28789-3

◉Illustration：さけハラス

あやかし猫の花嫁様。
湊祥
Sho Minato
不本意ですがイケメン猫と
新婚生活はじめます。
CHECK!
アルファポリス
第3回
キャラ文芸大賞
奨励賞受賞作!
田舎の一軒家で一人暮らしをする大学生の茜。それなりに平穏な毎日を送っていたはずが、突然、全てのあやかし猫を統べる化け猫・常盤の妻になってしまう。しかも、一緒に暮らさないと命を狙われるというオプション付き!? どんなに甲斐性抜群のイケメンでも、そんな結婚絶対無理——と、早々に離婚を申し出た茜だけれど、何故かこの結婚、ちょっとやそっとじゃ解消できない呪いがかかっていて……。自由すぎる極甘夫と円満離婚を目指す、新妻奮闘記!
◉定価:726円(10%税込)　◉ISBN:978-4-434-28653-7
◉Illustration:ななミツ

この作品に対する皆様のご意見・ご感想をお待ちしております。

おハガキ・お手紙は以下の宛先にお送りください。

【宛先】

〒150-6008 東京都渋谷区恵比寿4-20-3 恵比寿ｶﾞｰﾃﾞﾝﾌﾟﾚｲｽﾀﾜｰ 8F
(株) アルファポリス　書籍感想係

メールフォームでのご意見・ご感想は右のＱＲコードから、
あるいは以下のワードで検索をかけてください。

ご感想はこちらから

アルファポリス文庫

晴明さんちの不憫な大家4

烏丸紫明（からすましめい）

2021年 8月30日初版発行

編集－加藤純・宮坂剛
編集長－太田鉄平
発行者－梶本雄介
発行所－株式会社アルファポリス
〒150-6008東京都渋谷区恵比寿4-20-3恵比寿ｶﾞｰﾃﾞﾝﾌﾟﾚｲｽﾀﾜｰ8F
TEL 03-6277-1601（営業） 03-6277-1602（編集）
URL https://www.alphapolis.co.jp/
発売元－株式会社星雲社（共同出版社・流通責任出版社）
〒112-0005東京都文京区水道1-3-30
TEL 03-3868-3275
装丁イラスト－くろでこ
装丁－AFTERGLOW
印刷－中央精版印刷株式会社

価格はカバーに表示されてあります。

落丁乱丁の場合はアルファポリスまでご連絡ください。

送料は小社負担でお取り替えします。


ISBN978-4-434-29259-0 C0193